大嫌いな世界にさよならを

音はつき

STARTS
スターツ出版株式会社

どうあがいても変わらない世界に絶望して
誰とも関わらず、ずっと下を向いて生きてきた。

そんな僕に、きみがしてくれたこと。
空が青いことを思いださせてくれた。
ひとのあたたかさを教えてくれた。
季節の移り変わりを感じさせてくれた。
たくさんの景色を見せてくれた。

誰も彼もが消えたがってるこの世界で、きみは僕の光だった。

目次

大嫌いな世界にさよならを

第一章

誰も彼も消えたがってる

命を大事にしなきゃいけません。

毎日を精一杯に生きましょう。

清く正しく美しく。


こんな言葉、綺麗事《きれいごと》だ。

——ばかみたいだ。くそくらえだ。

なにもかも無駄だっていうことを、僕だけが知っている。

□□□□■

「この問題の答えが分かるひと？」

窓の外では、びゅうびゅうと強い北風が吹き荒れている。

朽《く》ちて地面に散らばった落ち葉たちが、時折円を描きながら遠くへと飛んでいく。

「じゃあ、澤口《さわぐち》くんにお願いしようかな」

窓の外をぼうっと見ていたことに気付かれたのだろうか。担任が穏やかなトーンで僕の名前を呼ぶ。

「——分かりません」

小さくため息を吐きだしてから、お決まりの台詞《せりふ》を口にする。

「澤口くん、いつもそれじゃない。ほら、ちょっと黒板を見て」

呆《あき》れたような声に、教室にクスクスと嘲笑《ちょうしょう》が混じる。ほんの少し顔を上げた僕は、すぐにそれを後悔した。

眉《まゆ》を下げながらも朗らかに微笑《ほほえ》む担任の頭の上に、黄色く点灯したマークがふたつ見えたから。

「くそ……」

小さく毒づいて顔を背ける。担任はそのまま、数学の問題の解き方を説明した。

ひとは誰でも、大なり小なり消えたがっている。

友達関係がうまくいっていないとか、家庭の問題があるとか、進路が云々《うんぬん》とか、色々と理由はあるのだろう。

だからといって消えたいと願うことは、僕にとって大きな迷惑だった。

なぜなら——。

「見えないやつらは気楽でいいよな……」

僕には、見えてしまうのだ。

他人の〝消滅願望〟というものが。

きっかけは、中学二年になった春のこと。

朝のニュースに出ていた政治家の頭上に、黄色く光る五つの正方形が突然見えた。大きな不祥事を起こしてしまったとのことで、額《ひたい》に汗を浮かべながら弁明しているところだった。

『なにこれ、演出？　バラエティでもないのに』

そう言った僕に、両親と姉は怪訝《けげん》そうな視線を向けた。

そのマークは、僕にしか見えていなかったのだ。

そして翌日、政治家は亡くなった。

心不全《しんふぜん》と報道されていたけれど、自ら命を絶《た》ったのではないかという噂《うわさ》がネット上を駆《か》け巡《めぐ》っていた。濡《ぬ》れ衣《ぎぬ》を着せられたのではないかという証言も。

それからだ。

身近にいる人々の頭上にも、同じような五つの正方形のマークが見えるようになったのは。

悩みなどなにもないとき、その正方形の中はからっぽになる。しかし、消えたいと願う度に、その正方形に黄色い明かりが灯《とも》るのだ。

誰もがみな、大体がひとつから三つほど、それを黄色く光らせている。

しかし稀《まれ》に、すべて光らせているひともいた。

亡くなった政治家。不登校になった同級生。学級崩壊していた隣のクラスの担任。

同級生はのちに、自殺未遂をしていたということを噂で聞いた。教師は気付いたら退職していて、その後どうしているのか誰も知らない。

そこで僕は確信したのだ。

このマークは、〝そのひとがいま、どのくらい消えたがっているのか〟を表しているのだと。

言葉を選ばずに表現するならば、〝どれだけ死にたがっているか〟ということだと。

政治家にしても同級生にしても、あの教師のことにしても。

あれから数年が経過して、みんなは彼らにまつわる出来事を忘れていった。『そういえば、そんなこともあったね』と、他人の過去として流していく。

だけど僕だけは、忘れたくても忘れることができずにいる。

いまでも夢に見てしまう。

あのひとたちの悲痛な表情、黄色く鋭い閃光《せんこう》を放った彼らの消滅願望を。

あれから僕の人生は、大きく変わってしまった。

──いや、崩壊していったのだ。

「昨日の最新話、見た？　すごい泣けた〜」

「わたしも！　泣きすぎて、今日顔がむくんじゃった」

昼休み、教室内で楽しそうにはしゃぐ女子たち。その話題は、いま大人気のドラマだ。

かわいくて明るい女の子が、実は余命《よめい》いくばくか……といった内容で、今度映画化もするらしい。

「消えてく命をエンターテインメントにするなんてな」

嫌悪感を舌打ちと共に吐きだす。

なんでこんなに世の中は、失われゆく命というものにスポットを当てたがるのか。

そしてそこに、多くの見物客が集まるのはどういうことか。

生きているなら、誰もが持っているものが命で。いつかはみんな、それを失うというのに。

「本当、感情移入しちゃってだめ！　死にたくない！って叫んだところなんて号泣」

そう言った女子の頭上のマークは、五分の四が点灯中。

つまり、『死にたくない』どころか『死にたい』に近い感情を抱いているくせに。

その台詞に共感するだなんて、矛盾《むじゅん》もいいところだ。

「でも症状とか、あとは自分が近々死ぬんだっていう状況がつらくて、いっそのこといますぐ消えたい！って泣くところ。あそこも気持ち分かったなぁ」

そう返した女子の頭上のマークは、ひとつも点灯していない。

生き死にとは無縁の精神状態にいるはずなのに、『消えたい』という台詞に共感だなんて、よく言う。

消滅願望が見えるようになって気付いたことは、人間誰でも表と裏があるということ。

こんなことも、できれば知らずに生きていたかった。

相手の言葉を疑いなく信じられれば、どれほどに楽だろうと思う。

「佳乃《かの》は見た？」

そう問われたのは、クラスでいつも輪の中心にいる今村《いまむら》佳乃だ。明るく快活、友達がたくさんいる彼女は、僕が最も苦手とするタイプだ。

「見たよ。命の尊《とうと》さとか、大事さを実感するよね」

そう言って笑う彼女の頭上など、見ようとも思わない。

冷めた目線を、窓へと向ける。そこに映る自分の頭上には、マークは見えたりしないのだから不思議なものだ。

代わりに、反射したクラスメイトたちの頭上のほとんどが黄色く点灯していて、僕はまた大きくため息をついた。

一見すれば、賑《にぎ》やかで楽しそうな学校でのワンシーン。

僕にしか見えない矛盾だらけのこの世界が、どうしようもなく嫌になる。

僕は消滅願望が見えるだけで、誰かの命を救えるヒーローなんかじゃない。

『消えたい』と思いながら、実際その道を選ぶひとだってそうそういない。

そのことを、僕だけが知っている。

——知ってしまっている。

「大袈裟《おおげさ》なんだよ、誰も彼も」

イライラしながら、ひとりごちる。

ちょっとのことで、死にたいとか消えたいとか。

そうかと思えば、失われていく命を扱ったエンターテインメントに夢中になって。

「死なんて、そんな綺麗なもんじゃない」

みんな、命が消えることに、幻想を抱きすぎなんじゃないかと思う。

おとぎばなしじゃない。

ファンタジーなんかじゃない。

命っていうのは現実のものなのに。

「僕に見えないとこでやってくれ……」

僕はもう、うんざりなんだ。

□□□□■

今年で五十周年を迎えるこの高校には、いまでは使われていない場所が敷地内にいくつかある。

来年建て直し予定の旧校舎とか、昔は部室として使われていた校庭裏のプレハブとか、昇降口の裏にある謎の小さな池とか。

「亀はいいよな。余計なこと、考えたりしないもんな」

昔はここで、鯉《こい》でも飼っていたのだろうか。

日当たりの悪いじめっとした場所にある小さな池には、いまでも一応水が張られている。しかしこの水は、すべて雨水でまかなわれているのかもしれない。

濁《にご》っているから水底なんてもちろん見えないし、池の周りには苔《こけ》がびっしりと生えている。

そんな中でも生き抜いているこの亀は、本当に忍耐強い。

むしろ苔だらけだからこそ、食べるには困らないのかもしれない。

「なあ、亀。亀は万年っていうけど、本当にそんな生きるのか？」

僕は先月から、この池周辺の掃除を担当することになっていた。

どこからか飛んできたゴミをほうきで掃《は》いて、あとは掃除終了の時間が来るまで亀を眺めて過ごす。

亀はいい。そもそも消えたいとかそういう概念《がいねん》がないのかもしれないが、亀の頭上にマークなんかは見えたりしない。

「毎日、疲れるよ」

壊れかけたコンクリートブロックに腰を下ろし、亀に向かって話しかける。

「いつまで続くんだろう……。一生このままだったりして……」

こんなことになる前は、僕にだって友達はいた。特別人気者だったわけでもないけれど、性別問わず、気兼ねなく話せるひとがたくさんいた。

それがある日突然、他人の〝消えたい願望〟が目に見えるようになってしまった。

そこから、僕の生活は一変したのだ。

見たくないものが、嫌でも見えてしまう。

周りのひとたちの笑顔が、偽物《にせもの》にしか思えなくなってしまう。

そうなれば、僕は俯《うつむ》くしかできなくなった。

周りを極力見ないように。他人と関わらないように。

最初は気遣ってくれた友人たちも、ひとりふたりと離れていった。

周りの大人は、僕の変化を思春期という一言で片付けた。

それに苛立《いらだ》ちを覚えなかったわけじゃない。だけど僕は、諦《あきら》めていたのだ。

どうせ僕にしか見えないのだから、誰に訴えてみても届くわけがない。

「消えたいのは、僕の方だ」

そんな呟《つぶや》きが、濁った池の表面に落ちたとき。

「そんなこと、言わないほうがいいよ」

僕の横に、今村佳乃がごくごく自然にしゃがみこんだ。

「………」

僕は一瞬、うまく酸素を吸い込むことができなかった。

思わず顔を向けたとき、なにかの光によって彼女の表情が白く飛んでしまったから。

それから慌てて、亀へと視線を戻す。

ドッドッ、と鼓動《こどう》が変なリズムを刻む。それは、僕にとってとても不快なものだった。

「なんで、今村さんがいるんだよ」

「ごみを捨てに来たら、澤口くんが見えたから」

リン、と鈴《すず》の鳴るような声に、僕は聞こえないように舌打ちをする。

今村さんのこういうところが、本当に苦手だ。

誰とも目を合わせず、いつも下を向いて過ごしている僕。他人と関わらずに済むようにしている僕に話しかけてくるひとなんて、そうそういない。

それなのに今村さんはこんな風に、以前から親しかったかのように気軽に声をかけてくる。

ちなみに、話しかけられるのはこれが初めてではない。

折に触《ふ》れて、彼女は僕に「澤口くん」と声をかけてくるのだ。

どれだけ僕が、そっけなく接しようと。

「悩み事とか、誰かに話すと気が楽になるんじゃない？　わたしでよければ聞くよ」

彼女の厄介《やっかい》なところは、こちらの意図を汲《く》まずにぐいぐいと距離を詰めてくるところだ。

たとえ悩んでいたとしても、よく知りもしない今村さんに話すわけがない。

「別に、そういうんじゃない」

そっけなく返すも、今村さんはこんなことではへこたれない。

彼女は両手で膝《ひざ》の上を無意味に数度払うと、「でも、消えたいっていうのは……ほっとけないよ」と、もう一度口にした。

上辺だけのその言葉に、イラッとしたものが胸のあたりを駆けていく。

「今村さんには関係ないだろ」

僕の声に、驚いた亀がちゃぽんと水中へと飛び込んでいく。

波紋《はもん》が幾重《いくえ》にも広がって、僕はもう一度舌打ちしたいのをぐっと堪《こら》えた。

「関係ないかもしれないけど、あんなの聞いちゃったら気になるよ」

「じゃあ聞かなかったことにしてよ。忘れればいいだろ」

「そういうわけにはいかないよ」

「なにも知らないくせに、偉そうに言うなよ」

早口にそう言ったあと、なんとなく気まずくなって口をつぐむ。

僕は普段、そう言葉数が多い方ではない。むしろ、人前でこんなに言葉を放ったのはすごく久しぶりのことだった。

それでも語気が強かったのは自覚していた。もしかしたら、今村さんは泣くかもしれない。

そうなれば、色々と面倒だ。

「――そうだね。わたし、澤口くんのことなにも知らない」

しかし、彼女の声は穏やかで春風のような軽やかさを持っていた。

だから僕はつい、そんな声につられるように顔を上げてしまったんだ。

「だけどやっぱり、消えたいなんて言わないでほしいって思うよ」

眉を下げ、ゆっくり微笑む今村さん。

彼女の顔を、初めて見た。こんな風に、正面から、まっすぐに。

僕はただ、呼吸をするのを忘れてしまった。

だって彼女の頭上のマークは、見事なまでにからっぽで——。

それどころか、白飛びするほどに輝いてすらいたのだから。

「生きててよかった、って。そう思っていてほしい」

クラスメイトの今村佳乃は、『消えたい願望』を持っていない——、いや、そんな概念さえ持っていない、潜在的な前向きさを持つひとだったのだ。


「紘《いと》～っ！　遊び行こう！　遊び！」

「無理。帰ってやることあるし」

「テスト終わったばっかなんだし、いいじゃん少しくらい」

「行きたいなら他のやつ誘って行けよ。僕じゃなくてもいいだろ」

「だめだめ！　紘と一緒に行くから楽しいんじゃん！」

帰りのホームルームが終わると、幼馴染《おさななじみ》の春弥《はるや》がこちらへ飛んでくる。

他人の消滅願望が見えるようになってから、僕の周りからはひとが消えていった。

そんな中で唯一、変わらない態度でいてくれるのが、保育園の頃からずっと同じ環境で育ってきた春弥だ。

「そもそも、春弥は部活だろ」

「今日はオフ！　来週のスポーツ大会に向けて、結束しようぜ！」

バスケ部のエース……というわけではないが、そこそこ活躍している春弥。勉強は苦手だが、明るくて誰とでも分け隔《へだ》てなく接することができる彼は、いつもクラスの中心にいる。

ひとの顔を見るのが苦手な僕だが、春弥だけは例外だ。

なぜかって、こいつに限っては表情と頭上のマークがぴたりと一致しているから。

春弥の頭上のマークは、基本的にはいつもからっぽだ。

しかし赤点を取ったときには「俺、消えたい……」と呟きながらマークを三つほど点灯させ、直後に食堂で好物のかつ丼を食べたときには「幸せだ……」と言いながらマークをからっぽにさせる。

「お前ほど分かりやすいやつは、いないよな」

そんな僕の呟きにも「なに？」と嬉《うれ》しそうに返事をする。

春弥といると、無駄な心配をしなくて済む。真意を窺《うかが》うようなことをせずにいられる。

だけど、いつも一緒にはいたくない。なぜかって、春弥といると必ずといっていいほど、すぐに周りが賑やかになるから。

その相手は大抵が、僕がもっとも苦手とするクラスの中心人物たち。

「澤口くんたち、どこか行くの？」

しかも今日最初に声をかけてきたのは、僕がいま、一番顔を合わせたくない相手だった。

「そ！　ゲーセンとか行くかーって。今村も一緒に行かない？」

楽しそうに声をかけてきた今村さんを、実に軽やかに誘う春弥。僕はその横で、小さなため息をつく。

「なになに？　春弥たち遊びに行くの？」

「楽しそうー！　うちらも行っていい？」

「カラオケとかよくない？　新曲入ってるかも」

春弥のことは、嫌いではない。

むしろ、変わってしまった僕にもこれまでと同じように接してくれる、それでいてまともに顔を見ることができる唯一の存在で、ありがたいとは思っている。

だけどこうして、無関係な明るい人間たちが集まってくることには、正直うんざりしている。

「澤口くんって、なに歌うの？」

先ほどのことは忘れたとでもいうのだろうか。

明るい笑顔の今村さんの頭上は、改めて見ても真っ白だ。

そんな底抜けの明るさが、苛立ち始めた僕の心をさらに逆撫《さかな》でしていく。

「僕は関係ないから。勝手にどうぞ」

ふいっと顔を背けた僕は、リュックを背負うと教室を後にしたのだった。

□□□□■

話を聞くときは、相手の顔をしっかりと見なさい。だなんて、一体誰が言いだしたことなのか。

一度でいいから、僕と同じ立場になってみてほしいと、心から思う。

「その点、ラジオはいいよな」

自分の部屋で、昔、叔父《おじ》さんからもらった小型ラジオのチューニングを合わせた僕は、ちょっと雑音の混じる音楽にほっと息をこぼす。

カメラというのはひとの姿だけではなく、消えたい願望をも映しだすらしい。そのため、テレビや動画から、僕はすっかりと遠ざかってしまっていた。

そんな僕にとっての娯楽《ごらく》は、聴覚だけで十分楽しむことができるラジオだ。

『さあ今日の一曲目は、ラジオネームくわがた桜さんからのリクエストで〝きらめく〟』

ラジオDJの声に次いで、柔らかなアコースティックギターの演奏が流れてくる。

もちろん、DJやアーティストの声に例の願望が映しだされることはない。

だから僕は純粋に、耳から聞こえてくるものを楽しむことができるのだ。

「この曲、なんか落ち着くな」

ラジオのいいところは、自分の意思とは関係なく様々な音楽に触れられることだ。

好きな曲が流れれば気分が上がるし、思わぬよき出会いに恵まれることもある。

それは最新曲のこともあれば、僕が生まれる前の曲だったりすることもあって、それがまたラジオの魅力だった。

「どこだっけ……ああ、あった」

机の引きだしから、小さなノートを取りだしてページを開く。

そこにはぎっしりと、ラジオを通して出会った名曲たちがリストアップされている。

いま流れている曲は、五年ほど前に出された曲みたいだ。

「今度、放送で流してみるか」

学校の昼休みといえば、校内放送。その放送は、僕が所属する放送部が担当している。

とはいっても、この間三年生が引退してしまい、いまは部員は僕ひとり。部の存続が危《あや》ぶまれているものの、僕にできることなどなにもない。ただ毎日、昼の放送を淡々と続けていくだけだ。

「疲れたな」

伸びをするときに、椅子《いす》の背もたれに体重をかける。ぎしりと、それが小さな音を立てた。

一日の中で、こうして顔を上げてのんびりとできる時間。

それは部屋にひとりでいるときと、放送室で過ごす昼休みの間だけ。

人間というのはどうしてこうも、他人と関わることが多いのだろうか。

「僕も亀だったらよかったのに」

日の当たらないじめっとした小さな人工の池で、誰にも知られずにひっそりと暮らしている。

あの亀に、僕はずっとなりたいと願っている。

誰とも関わらなくてよくて。

誰とも会話をしなくてよくて。

誰からも構われたりしない。

生きるとか死ぬとか、そういうのを考えなくていい。

ベッドへ移動し、どさりと後ろへと倒れる。

不意に今村さんの笑顔が瞼《まぶた》の裏に浮かび、舌打ちと共にそれを打ち消した。

「人間は面倒だ」

□□□□■

団結力とか結束力とか絆《きずな》とか。

なんで大人は僕らに、繋《つな》がりを強要しようとするんだろう。みんな、ただの他人なのに。

「優勝にかんぱーいっ！」

カラフルに彩られた黒板の前。教壇の上に乗っかりそうな勢いの春弥の音頭《おんど》に、クラス中が「かんぱーい！」と声をそろえる。

賑やかで楽しげな空気の中、炭酸飲料が入った紙コップを机の上に置いたまま、僕は窓の外へ視線をやっていた。

天気もよくて風もない、絶好のスポーツ日和《びより》。

そんな日に行われた校内スポーツ大会で、僕がいる二年三組が優勝した。

運動神経がいいひとたちが集まっていたという運にも恵まれたんだろう。

必ず一種目は出なければならないという決まりがあり、僕はその他大勢になれる綱引きに形だけ参加した。

「紘、飲んでるかー!?」

「お酒じゃあるまいし……」

つい先ほどまで黒板の前にいたはずの春弥が、いつの間にか僕の目の前に立っていた。頭上のマークは、気持ちのいいほどにひとつも点灯していない。

気分は最高！といったところなのだろう。

「このクラスでよかったよなぁ！」

紙コップをこちらへ突きだしてくるのは、乾杯しようということなのだろう。

面倒だと思いつつも、応じなければもっと面倒なことになると知っている僕は、ため息と共に春弥のコップに自分のそれを少しだけぶつけた。

「僕、もう帰りたいんだけど」

スポーツ大会を欠席すれば、体育の成績に響く。学校行事なので、それはまあ百歩譲って受け入れるとしよう。

だけどその後の打ち上げまで強制参加だなんて、世の中は陽気なやつらを中心に成立しているようだ。

「教室での打ち上げは全員参加って、先生も言ってただろ?」

このジュースやお菓子は、担任のおごりだ。優勝したご褒美《ほうび》、といったところらしい。

まったく、教師というのも大変な仕事だ。

「でさ、このあとみんなでカラオケ行くことになってるから！」

「僕は帰る」

「なんでだよー、紘は絶対参加！　強制参加！　俺、紘いなきゃ寂しくて死んじゃう」

「どうぞご自由に」

ひどくね!?と大袈裟にのけぞる春弥を手で払う。そのタイミングで誰かが春弥を呼んだ。

「ほら、早く行けって。呼ばれてるぞ」

「とにかく、紘もカラオケな？　約束したからな！」

何度もこちらを振り返りつつ、春弥は教室の中央へと向かっていった。

僕の周りには再び、静寂《せいじゃく》が戻ってくる。

どれほどに騒がしい教室内にいても、僕の周囲には透明な板が張られているように感じる。

僕だけが違う場所にいるという、そんな感覚。

目の前の出来事は、見えてはいるけれど別世界で起きているような、そんな感覚。

もしかしたら他のひとたちも、それを無意識に察知しているのかもしれない。

その壁を突き破ってくるのは、いつだって春弥だけだった。

――彼女がこうして、関わってくるようになるまでは。

「お疲れさま」

いつの間に目の前にやって来ていたのだろう。

今村さんが先ほどの春弥と同じように、僕に向かって紙コップを出してくる。

「乾杯しよう！」

「………………」

だけど今度は、それに応えるようなことはしない。

紙コップをおもむろに机に置いた僕は、頬杖《ほおづえ》をつくと窓の外へと目をやった。

僕の意思を感じたらしい彼女は、困ったような笑みを浮かべてから、一度だけぐびりと飲み物を流し込む。

その隙に、ちらりと彼女へ視線をやる。

やはり今日も、彼女の頭上のマークは白飛びするほどにからっぽだ。

底抜けに明るくて、悩みなどなにもない今村さんが、僕に「話を聞くから」だなんて、どこまでもばかげている。

「みんな、楽しそうだよね」

机の上に落ちた、そんな呟き。

つられるように、目の前の彼女を見上げてしまう。

クラス内を瞳に映す今村さんは、眩《まぶ》しそうに少しだけ目を細めた。

「今村さんこそ、いつも楽しそうじゃないか」

皮肉で言ったつもりだった。しかし彼女は僕の言葉に、ぱっと顔を輝かせる。

「澤口くんから見て、わたしってそんな風に映ってる？」

「……は？」

根っからのポジティブな人間には、皮肉も通用しないらしい。

「佳乃、こっちおいでよー！」

教室の反対側からの声に、「あとで行くー！」と明るく返事をする今村さん。

「佳乃は昔っから孤立してるひと、放っておけないからねえ」などと、僕に声をかける今村さんを評する言葉が聞こえてきて、またひとつため息をついた。

構ってくれなんて頼んだ覚えはないし、むしろ放っておいてほしいんだけど。

「このあとのカラオケ、行く？」

「行くわけがない」

僕の答えに今村さんは、「だよね」と眉を下げて笑う。

それからこちらに向かって小さく手を振ると、くるりと踵《きびす》を返した。

ふわりと空気が揺れる。そこに彼女の香りが残っているような気がして、それを払うように僕は数度頭を左右に振ったのだった。

□□□□■

寒い季節の午後八時過ぎというのは、そう遅い時間でもないのに、深夜のように感じることがある。

日が短くなって気温も一段と低くなり、みんななんとなく足早に帰路につく。その影響で、人通りが少なくなるからかもしれない。

街灯に照らされた、僕の白い息。冷えた手をコートのポケットに入れ、ジャラジャラと小銭をいじる。

わざわざ買い物に行かなければならないと気付いたのは、ついさっきのこと。

ラジオを聞きながら曲のメモを取っていたら、ぽきりとシャーペンの芯《しん》が折れた。新しいものを入れようとケースを開けたら、からっぽの状態。

明日は一限から数学のテストがあるから、そのままというわけにもいかなかった。

「うー、寒っ……」

近所のコンビニが改装工事中で、ちょっと離れたところまで行くことになった。

北風が時折吹く度、両肩をきゅっと耳へと近付けた。

寒い。

だけど冬の夜に出歩くのは、解放感があるのも事実。

ひととすれ違うことが少ないこの時間帯は、顔を上げて歩くことができるから。

僕が住むこの街には、東西を分けるように流れる大きな川がある。そこに架《か》かる橋を歩いて渡るのが、数少ない楽しみだった。

別になにがあるわけではない。それでもなんとなく、気に入っている場所というのがこんな僕にもある。

今日も橋の中央あたりまで来たところで、欄干《らんかん》に手をかけ川を眺める。

真っ暗な川を隔て、ぽつぽつと左右に灯る住宅地の明かりたち。

夜景なんて大袈裟なものではないけれど、素朴なこの景色はいつも心を落ち着かせてくれる。

目を閉じて、耳に神経を集中させる。

ブォン、という車の過ぎ去る音。

遠くで聞こえる、救急車のサイレン。

過ぎ去っていく車から流れる人気曲。

「……なんの音だ?」

そのとき、ちょっと異質な音が聞こえてきた。

バシャ、バシャ。

ザブ、ザブ。

パシャン、パシャン、パシャンッ。

それは橋の下の方から聞こえてきて。

——気付けば僕は、駆けだしていた。


「どういうつもりなんだよ！　この寒いのに！　死ぬつもりかよ！」

腰までびしょ濡れになった僕は、ガタガタ震える体をさすりながら大声を上げる。

「違う！　違うの澤口くん！　ね……、猫！　猫を助けたかっただけなの！」

制服のスカートからぱたぱたと水滴を落としながらそう言ったのは、あの今村さん。

いましがた僕は、川の中で溺《おぼ》れかけていた今村さんを必死に岸まで引きずり上げてきたばかりだ。

人間というのは、ときに気持ちとは関係なく、体が動いてしまうみたいだ。

異質な水音は、川の中から聞こえてきていた。

それが溺れているひとによるものだと気付いた僕は、反射的にそちらへ向かい、躊躇《ちゅうちょ》なく川へと入っていったのだ。

まさかそれが、今村さんだったなんて思ってもみなかったけれど。

「猫……？」

ぎゅっとパーカーの裾《すそ》を絞《しぼ》る。真冬の川の水がこれほどに冷たいなんて知らなかった。

「そう、猫が溺れてるのが見えたの」

僕に倣《なら》うよう、スカートの裾を絞る今村さん。

制服姿ということは、カラオケでの打ち上げの帰りだったのだろう。

彼女の唇は寒さで紫色になり、細い足も小さく震えている。

それでも今村さんはやっぱりどこか落ち着いた笑みを浮かべていて、頭上のマークもからのままだ。

「でも実際は、猫じゃなくてビニール袋だったんだけど」

どうやったら、そのふたつを見間違うのだろうか。

暗がりでよく見えなかったのかもしれないし、風を受けて膨《ふく》らんだ白い袋は生き物に見えなくもなかったのかもしれない。

「だからって、こんな真冬の川に入るなんて」

「命は大事にしないとだから……」

それに、と彼女は切り替えるように顔を上げる。

「澤口くんだって、わたしを救おうとして真冬の川に入ってくれたでしょ」
そんな今村さんの言葉に、僕は思わずごくんと言葉を呑み込んだ。
だって、彼女の言う通りだったから。
相手が誰であっても、僕は冬の川に飛び込んだだろう。
目の前で命が消えていくのを、黙って見ていることができなかった。
『命を大事にしなきゃいけません』
『毎日を精一杯に生きましょう』
そんなの、くそくらえだと思っていたのに。
僕の中にもきっちりと、その精神は刷り込まれてしまっていたみたいだ。
ぶるりと寒気が足元から上ってきて、大きなくしゃみが弾《はじ》け飛ぶ。
「ごめんね。風邪《かぜ》、ひいちゃうね」
そう言った今村さんはポケットからタオルを出して僕に差しだす。
しかしそれは、当然ながらぐっしょりと濡れていて。そのことに気付いた彼女は、
おかしそうに表情を崩した。
ほんの一瞬、冷えきった体の奥に、ぽわりとあたたかいものが宿った気がして、僕
は慌ててわざと不機嫌な咳払《せきばら》いをする。
真冬の夜、川辺で。びしょ濡れの彼女と僕。

空には、オリオン座がキラキラと瞬《またた》いていた。

□□□■■

体が冷えると風邪を引く。というのは、どうやら事実らしい。

あのあと帰宅した僕は風呂場へ直行。追い焚《だ》きをした湯船の中で体をあたためた甲斐《かい》もなく、しっかりと熱を出してしまった。

「三十六度八分……」

体温計の数字を読み上げ、はあーと大きく息を吐きだす。

しっかりと熱が出て、学校を休むこと三日目。平熱まで下がってはきたものの、まだなんとなくぼんやりする。

「紘、春弥くん来てる」

母親の声が響き、開けられたドアの隙間から顔を出したのは、今日も茶色い髪の毛を跳《は》ねさせた春弥。

片手でビニール袋をひょいと持ち上げながら「アイス食う?」と、いつものおどけ顔を見せる。

「紘んち来るの、なんか久々だなあ」

「いいのに、わざわざ見舞いとか」

僕の部屋の中央にはローテーブルがあって、春弥はそこに買ってきたアイスを四つ並べる。

「病人にこんな食わせるつもり？」

「もう熱ないんだろ？　それに、三つは俺の」

この寒い時期に、春弥はアイスをずいぶんとたくさん食べる気らしい。まあ、春弥らしいといえばらしいけど。

スウェット姿のまま、僕は春弥の向かいに腰を下ろした。

バニラアイス、モナカアイス、あずきのアイスに餅《もち》アイス。

「僕は餅」

「そう言うと思った」

にかっと歯を見せた春弥は、バニラアイスのカップをぱかりと開ける。

「あ、そうだ。忘れるとこだったわ」

しかし、なにかを思い出したらしい。アイスをひと掬《すく》いしたスプーンを蓋《ふた》に置くと、がさごそとリュックを漁り、一冊のノートを取りだした。

「これ、紘に」

「なに？」

「休んでた分の授業のノートだって」

「……明日、雹《ひょう》でも降るんじゃないの？」

「だから、俺じゃないって」

眉を寄せた僕に、春弥は大袈裟にため息をつく。

「今村から。紘に渡して、って」

「……は？」

頭の中に、白く輝く今村さんの笑顔が浮かぶ。

まさか、僕の風邪が自分のせいだとでも思っているのだろうか。いや、まあそうじゃないとも言いきれないんだけど。

はあ、と僕はため息をつく。それから、受け取ったノートをめくった。

決して整っているというわけではないけれど、彼女の人柄が出ているような少し丸い文字。

そのノートには、数学から英語までほぼすべての授業の内容が記されていた。

『澤口くんへ。

この間はありがとう。

早く良くなりますように。

今村佳乃』

最後のページには、そんな言葉も書かれている。

ああ、面倒なことになった。

クラスの中心にいる今村さんとは、なるべく関わりたくなかった。

ただでさえ、あの川での一件で接点ができてしまったのに。そこに加えてこんなノートまで受け取ってしまったら、周りが騒がしくなりそうで困る。

「見舞い、一緒に行こうって誘ったんだけど」

構わずにアイスを食べ進める春弥の言葉に、僕はバッと顔を上げる。

おいおい春弥、なに勝手なことを言ってるんだよ。

「約束があるとかで、ノートだけ預かった」

その言葉に、今度はほっと胸を撫で下ろす。

今村さんはいつも、ほとんど毎日のように、放課後に友人らと街へ繰りだしている。春弥によると、今日は都内にできた新しいカフェに行くんだとか。

「よく行くよな。金もかかるのに」

僕が吐き捨てるようにそう言うと、春弥は「今村の家、金持ちだからな」と涼しい顔で答えた。

たしかに、その話は聞いたことがあった。

お小遣いもたくさんもらっているという今村さんは、遊びに行った先々で友人たちの分まで払っているそうだ。

「紘、他人におごって、気分よくなってるだけだろ」

「ちょっと厳しすぎると思うけど。今村、いい子だよ。明るくて気取ってなくてさ」

——知ってる。

どこまでも明るくて、いつも前向きで、誰とでも分け隔てなく接することができて、周りの人々に恵まれていて。

だからきっと、他人の気持ちが分からないんだ。

おごられて喜ぶ人間もいれば、惨《みじ》めになる人間もいる。

前向きさに救われるひともいれば、陰を濃くするひともいる。

そんな当たり前のことが、今村さんには分からない。

誰もが抱いている「消えたい」という願望を白飛びさせてしまうほどの、前向きさを持っているから。

それが世の中の当たり前みたいな顔をして、生きているから。

「——だから苦手なんだ」

少し溶けた餅アイスを一口齧《かじ》る。

だらしなく伸びたアイスを包む餅の部分は、ぷつりと途中で切れて落ちた。

鈴の音《ね》は届かない

「澤口くん、おはよ！」

恐れていたことが、ついに起こってしまった。

風邪もすっかり治り、久しぶりに登校した僕。

校門をくぐったところで、一番警戒すべき相手に見つかってしまったのだ。

「もう大丈夫？　なんともない？」

もっと早く家を出るべきだった。いや、僕はいつも通りに家を出たはずだ。

誰よりも早く、教室に到着する時間に。

「寒い中、冷たい川に入ったから……。わたしのせいだよね。本当ごめん」

校門で待ち伏せていたとしか思えない今村さんは、たじろぐ僕の横にぴたりとやって来ると、当然のように教室までの道を歩く。

今村さんがくれたノートには、正直、かなり助けられた。

分かりやすく色分けされていて、ポイントとなるところにはコメントまで書いてある。勉強は苦手だと本人が言っているのを聞いたことがあったけれど、ノートを取るのは得意なように思える。

溜まっていた宿題をどうにか終えることができたのは、あのノートのおかげと言っても過言ではない。

「そういえば、今日の学食はサイコロステーキ丼なんだって。そんな日に復帰なんて、澤口くんは運がいい」

昇降口で靴を履き替え、まだひとの少ない廊下を進む。

教室のある二階へ続く階段を、並んで上がる。

僕は一言もしゃべらなかった。

それなのに今村さんは、なにも気にしていない。

「今日はちょっと寒さが和らいだね」

申し訳ないが、今村さんの言葉は僕の耳を通過していくだけだ。

頭の中は、ノートのことでいっぱいだから。

だけど、どうやってそのことを言いだせばいいのか分からない。タイミングが掴《つか》めない。

ずっと他人と関わることを避けてきたせいだろう。

「そっちから切りだしてくれればいいのに……」

「なにか言った？」

「いや……」

自分勝手にもほどがある僕の呟きは、幸いなことに彼女には届いていない。

「そういえば今日、小テストあるんだっけ」

どうやら今村さんは、ノートについて触れる気はないみたいだ。

ふう、と僕は、小さな覚悟を胸に呼吸を整える。

こういうのは、時間を置くとろくなことがない。さっさとお礼だけ簡潔に伝えてそれで――。

「……あのさ」

「佳乃ーっ！　おはよっ！」

意を決して口を開いた僕の言葉は、後ろから飛んできた甲高《かんだか》い声に遮《さえぎ》られる。

彼女の友人たちが登校してきたのだ。

「昨日おそろいでプレゼントしてくれたキーホルダー、つけてきたよ～」

「これ、いますっごい流行ってるよね」

「高くて諦めてたから、嬉しかった～！」

わらわらと、今村さんを取り囲む女子たち。今村さんはなにか言いたげに、僕へと視線を寄越した。

舌打ちしたい気持ちと、安堵《あんど》した気持ちが入り混じる。

僕はふいっと視線をそらすと、そのまま教室へと入っていった。

女子たちに囲まれた今村さんのことを、廊下に残したまま。

心の中には、ザラザラとした細かな砂のようなものが残っている気がした。

□□□■■

どれほど天気がよくたって、陰になった部分に太陽の光は届いたりしない。

「亀、元気だったか？」

いつも通りの掃除の時間。苔のたくさん生えた深緑の池から、ぷかりと顔を出した亀に向かって、今日も僕は声をかける。

風邪をひく前に会ったときと変わらぬ様子で、亀はのんびりと池を泳ぐ。

そんな当たり前のことが、僕の心を落ち着かせてくれる。

久しぶりの学校は、想像以上にどっと疲れるものだった。

近い距離に他人がいるということは、これほどまでにストレスを感じることだったのか。

ここ数日、僕は他人の頭上を気にすることなく、ひとり、部屋で過ごしてきた。そのせいだろう。ちょっと気が緩《ゆる》んでしまっていたのだと思う。

不意に視線を上げてしまうことが何度もあり、その都度僕はいくつも点灯する四角いマークを見なければならなかった。

狭い空間にたくさんのひとがいて身動きが取れない学校は、消滅願望が見えてしまう僕にとって、息苦しくてたまらない世界だ。

「早く卒業したい……」

ぽつんと呟くと、いつかのように明るい声が空気を揺らし、またかと僕は目を閉じる。

「亀吉《かめきち》ー、エサの時間だよ！　お腹空《なかす》いたでしょ」

今村さんの声が、真っ暗な視界の中で楽しそうに弾む。

……亀吉？

……エサ？

浮かぶ疑問に目を開くと、僕の隣にしゃがみ込んだ今村さんは、亀の顔の近くにパラパラとなにかを撒《ま》いているところだった。

「なにしてんの……？」

「これ？　亀吉のごはんだよ。澤口くんがお休みしてる間、お腹減らしてると思って買ったんだ」

「エサなんて、あげたことないけど」

「え、そうなの？　それじゃこれまで、亀吉はなにを食べて生きてたの？」

「亀は雑食だから、そのへんのなんか食ってたんじゃないの」

「……ふうん、そっか」

一旦はきょとんとした表情を見せたものの、今村さんはすぐに池の中の亀へと声をかける。

「でもこっちのがおいしいよ。ね、亀吉」

「わざわざそこまでしなくても。金もかかるし」

そう口にしたところで、今朝の出来事が蘇《よみがえ》る。

高いという流行りのものを、友人らにプレゼントしたという今村さん。

春弥も言っていたじゃないか。『今村の家、金持ちだからな』って。

「まあ、そんな心配は今村さんには無縁だったな」

僕の呟きは、彼女の耳には届かなかったらしい。

今村さんは楽しそうに、「亀吉、いっぱい食べてね」と声をかけながらエサを撒く。

亀はすっかり、今村さんをエサをくれる存在だと認識しているみたいだ。僕ではなく彼女の方に向かって、首を長く伸ばしている。

付き合いは、僕の方がずっと長いというのに。

なんという薄情者《はくじょうもの》だ。

しかし僕は、いまこそがノートのお礼を伝えるチャンスなのではないかと思った。

今村さんの周りには常に誰かがいて、彼女がひとりになる瞬間なんてほとんどない。

そんな中で今村さんに声をかけるというのは、僕にとって至難の業《わざ》だ。

「……今村さん、あのさ」

だから僕は、覚悟を決めて切りだした。

「んー？」

能天気な声を上げる彼女の横で、僕はどうにか言葉を続ける。

「た……、助かったよ」

「えっ？」

弾かれたように、今村さんがこちらを振り向く。

その反動で、彼女の手元からはバラバラッとエサがいくつもこぼれ落ちた。踊るように、エサだらけの水面を口を広げて浮遊する亀。

今日もやっぱり、彼女の頭上は白く白く輝いている。

「ノート……、ありがとう」

照れくさくなりながらもそう言うと、彼女の表情に満面の笑みが咲いた。

「どういたしまして。紘くん」

不意に下の名前で呼ばれ、僕は思わず顔を上げる。

彼女は照れたように目を伏せながら「――って呼んじゃだめかな？」と自分の前髪

を触った。
「――別に」
なんでだろう。
嫌だ、とか。無理、とか。
数日前の僕ならば、きっと躊躇なくそう言っていたはずなのに。
今村さんから下の名前で呼ばれても、嫌悪感は湧《わ》いてこなかった。
それどころか、ほんの少し、心がふわりと浮き上がるような感覚さえあった。
「別に、構わないけど」
そう言った僕に、彼女は表情を明るくする。
「本当？　勇気出してみてよかった」
――眩しい。
そう思ったのは、彼女のマークのせいだったのか。
それとも彼女の笑顔によるものだったのか。
このときの僕には、分かりようもなかった。
その日を境に、今村さんはこれまで以上に僕に声をかけてくるようになった。
登校時。教室の中。掃除の時間はもちろんのこと、休憩時間に放課後に。

たしかに僕は、彼女にお礼を伝えた。

下の名前で僕を呼ぶことに、承諾だってした。

だからといって、こんなにも話しかけられるようになるとは思ってもいなかった。

クラスメイトたちはその様子を不思議そうに見ていたけれど、今村さんはそんなことは気にならないみたいだ。

「やっと昼休みだ……」

今日も朝から話しかけられ続けた僕は、ぐったりしながら放送室のドアを開けた。

少し埃《ほこり》っぽい匂いが、僕の心をふっとほどく。

防音になっている放送室は密閉度が高いためか、そういったものも感じやすい。

「ああ。紘くん、お疲れ様です」

顔を上げた部屋の奥。そこには、先客がいた。

放送部の顧問、柏谷《かしわたに》先生だ。通称、〝おじいちゃん先生〟。

実年齢は不詳だが、シルバーヘアと上品なベストが似合う、物腰の柔らかな先生だ。

柏谷先生は僕の下の名前を気に入っているらしく、教師にしては珍しく、「紘くん」と呼ぶ。

「先生もお昼、ここで食べますか？」

「いやいや、部活の様子を少し見ようと思っただけですから」

どんなに落ち着いているように見える大人でも、どんなに偉そうに僕らに説教をする大人でも、誰もが消滅願望を持っている。

柏谷先生も、例外ではない。

それでもどこか達観したようなところがある柏谷先生のマークは、たったひとつ点灯しているだけで、基本的にそれが変化することはほとんどない。

だから僕は、先生とは落ち着いて会話をすることができるのだ。

「僕ひとりでも、なんとか回せているので大丈夫ですよ。昨日の選曲も、結構良かったと思ってるんですけど」

「そうですね。まさかハリーズが校内放送で聴ける日が来るとは、思ってもいませんでしたよ」

「この間ラジオで流れてたんです。聴いた瞬間、かっこいいと思って」

「それはそうでしょう。私が若い頃に一世を風靡《ふうび》した、イギリスのロックバンドですからね」

柏谷先生の一人称は〝私〟で、どんなときにも必ず敬語を使う。

それも、僕が先生を慕《した》う理由だった。

生徒相手でも偉そうにしたりせず、いつも自分の世界軸を持っている柏谷先生。

先生はラジオ好きで、僕らはこうして音楽やラジオの話題に花を咲かせることが度々あった。

「紘くんは、最近の曲なんかはあまり興味がないのですか?」

「ラジオでいいなと思う曲はありますけど。どちらかというと、少し前の曲の方が好きかもしれないですね……」

正直にいえば、ここ最近の曲はあまり得意ではない。すべてがすべてというわけではないけれど、僕の見えてしまう消滅願望と直結しているような歌詞の曲が流行している気がするからだ。

まあ、僕がそういう単語に敏感になっているだけかもしれないけれど。

「好き勝手、やりすぎですかね?」

「いまの流行の曲を流さなければならないルールはありませんからね。紘くんがみなさんに聴いてほしいと感じた曲を流す。それでいいと、私は思いますよ」

クラスで目立たず誰とも関わらない僕が、放送部唯一の部員だ。

そんな放送部によって流される昼の放送なんて、誰も聞いたりしていないのだ。

こんなことは、柏谷先生には言えないけれど。

「おや。そろそろですかね」

壁の電波時計を見れば、時間は放送開始三分前。

そろそろ準備をした方がいい。

僕はいそいそと年季の入ったデッキにCDを滑《すべ》り込ませ、学校中のすべてのスピーカーから流れるようにセットする。

そうして十二時四十分ちょうどに、再生ボタンを押した。

親世代に流行した曲のイントロダクション。

心地よいアコースティックギターの音色が、放送室内にも響き渡る。

「さすが、慣れたものですねえ。紘くん」

「ほぼ毎日のことですから」

お昼の放送に、よくあるようなアナウンスなんかは流れない。

『何月何日何曜日、晴れ。今日のお昼の放送は、放送部二年澤口紘がお送りします』的なアレだ。

先輩たちは曲紹介などもやっていたけれど、僕ひとりになってからはやめた。

自分の声や言葉が全校生徒に聞かれるだなんて、たまったものではないし。

だからいつも淡々と、自分の好みの曲を流すだけだ。

「それでは、私は行きますね。なにかあったら、いつでも職員室に来てください」

「ありがとうございます」

防音の扉《とびら》を先生が開く。と、廊下で反響しているメロディが放送室へと滑り込んできて、やがて扉が閉じられると共に消えていった。

ふう、と僕は息をつく。

学食で買ってきた弁当——外で食べるときは弁当にしてくれる——を窓際の机の上に広げる。

放送中は、一曲が終われば次の曲を流せばいいだけなので、ゆっくりと昼ご飯を食べることができる。

この騒がしい学校で誰とも接触せずに食事できる場所などというものは、限りなくゼロに近い。

そんな僕にとってこの放送室は、大きく深呼吸することができる特別な空間だった。

ちなみに、亀のいるあの場所は食事には不向きだ。じめじめっとした変な匂いがするし、冬場は寒くてゆっくり過ごす気にはなれない。亀吉には悪いけれど。

放送室があるのは、旧校舎の三階だ。僕らの教室は新校舎にあって、ここからはその中が見えることもない。

「今日もいい天気だ」

旧校舎と新校舎を結ぶ三階に架けられた渡り廊下は、ほとんど誰も使っていない。だから僕でも、こうして窓の外をゆっくりと眺めることができるのだ。

渡り廊下の下にあるのがちょうど、亀吉のいる中庭だ。

言ってしまえばこの場所は、みんなが過ごす学校とは切り離されたところにあるようなものなのだ。

　両手を上げ、ぐうっと大きく伸びをする。

　普段下ばかり向いているからか、首のあたりが凝《こ》り固まってしまう。

　僕はそれをほぐすよう、深呼吸しながら首を大きく回転させる。それからぱちりと両手を合わせた。

「いただきます」

　今日はから揚げ弁当。ざくざくの衣《ころも》によく合う、タルタルソースがついている。

　それをたっぷりと唐揚げにつけ、大きく開けた口に入れようとした時だった。

　窓の向こう、渡り廊下を勢いよく走っている女の子の姿が視界の端に一瞬映る。

　まさか――、と思っていれば数十秒後、放送室のドアは勢いよく開けられた。

「紘くん！　わたしもここで食べていいかな⁉」

　お弁当箱を片手に、額に汗を浮かべ、肩で息をする今村さんが立っていた。

　こんなところにまで……。と、僕は言葉の通りに頭を抱える。しかし前向きな今村さんは、そんなのお構いなしだ。

　するりと放送室へ入ってくると、後ろ手に扉を閉める。それから小走りに僕の座っている机の向かい側へと腰を下ろしてパタパタと顔を両手で仰《あお》いだ。

「いい？って……だめに決まってるだろ。放送部以外、立ち入り禁止なんだから」

だけどこれが、大きな墓穴《ぼけつ》を掘ることになった。

彼女はぱっと目を輝かせると「それじゃあ」と僕を嬉しそうに見上げたのだ。

「放送部、入部希望！」

□□■■■

今村佳乃は、どこまでも明るくまっすぐで、そしてどこまでも強引だった。

そして僕は薄々気付いていた。

彼女には周りを巻き込むなにかがあるってこと。

僕だっていつも、なんだかんだ言いながら、気付けば彼女のペースに呑まれてしまっているんだから。

「紘くん、リクエストボックス作るのってどう？」

「リクエストボックス……」

「学校のみんなから、流してほしい曲を募集するの。そしたらみんな、もっと放送を楽しんでくれるんじゃないかな」

「うーん……」

僕が知らぬ間に、柏谷先生からちゃっかり入部許可をもらった今村さん。

今日もにこにこしながら放送室でお弁当を広げている。

僕はもう、諦めてしまった。

だって彼女のパワーはとてつもなくて、どれだけ冷たくしてもめげないし、どれだけマイナスなことを伝えたってプラスに変換させてくる。

それに本音を言えば、彼女との時間は僕にとって心地よいものとなってきているのも事実だった。

今村さんと話していると、とても気楽だということに気付いたから。

彼女の頭上のマークはいつ見ても白飛びするほどにからっぽなまま。それが変化することは全くなくて、根っからの明るいひとだということが分かる。だから、言葉の真意を疑わずに済む。

春弥と柏谷先生、そして異性としては初めて、ちゃんと顔を見ることができる相手。

僕の意思とは関係のないところでいつの間にか、彼女はそういう存在になっていた。

「いまの放送もいいけど、ちょっと渋すぎると思うんだ」

「渋いって。なにをもってそう言ってるわけ？」

「絃くんの選曲、昔の曲が多いからなぁって。そういうのもいいけど、たまには最近の曲を流してもいいんじゃないかな？」

スマホを取りだした今村さんは「たとえばこの曲とか」と、いま流行りのアイドルグループの曲を再生させる。

恋することの楽しさを歌ったこの曲は、何度かラジオで聴いたことはある。

しかし、僕の好みではない。

「今村さん、こういう曲が好きなの？」

「わたしじゃなくて、人気があるから。そういう曲を流したら、みんなもっとお昼の放送を楽しみにしてくれると思う。そしたら紘くんの好きな曲にだって、興味持ってもらえるかもしれないでしょ」

今村さんは、真剣な顔で力説する。

「放送って、流す側と聞く側がいるものだから。一方通行じゃ、なんかもったいないよ」

「たかが学校の昼の放送に、そんな意味とか求めるひといないと思うけど」

「ラジオだって、発信する側とリスナーがいて成立するものなんでしょ？」

今村さんの口からその単語が出たことで、僕は思わず顔を上げた。

自分が流している昼の放送と、電波を通して発信しているプロによるラジオ番組が同じだとは思っていない。

だけどその言葉にどこか刺さる部分があるのも事実だった。

ラジオ好きの心をくすぐられた、という感じだったのかもしれない。

そんな僕の小さな心の動きを、今村さんは見逃さなかった。

「せっかく全校に発信する権利とツールを持ってるのに」

畳みかけるようにそう言われ、僕はつい「たしかに……」と顎《あご》を引いてしまう。

「昨日、ハマラジでもDJはまやんが言ってたよ？　ラジオのよさは、みんなが繋がっていることだ、って」

「今村さん、ハマラジ聴いてるの？」

僕のお気に入りのラジオ番組の名前を出した今村さんに驚いていると、彼女は白状するように首を少しだけすくめた。

「紘くんが好きなラジオ番組だって。柏谷先生が教えてくれたから、聞いてみたんだけどね」

「そういうことか」

昨夜の放送は、僕だって聞いていた。

たしかにラジオでは、リスナーからのリクエストやメッセージに応えることで成り立っている番組がたくさんある。

「お便り的なものは返しが難しそうだから、ちょっと無理かもしれないけど。曲のリクエストくらいなら、いいんじゃないかと思うんだけど……」

こちらを窺うようにする今村さんに、僕はゆっくりと両腕を組む。

彼女の言う通り、ボックスを設置するくらいならば別に手間にはならない。誰かと直接、顔を合わせてやりとりをするわけでもない。

それに、次の春に新入部員が入らなければ、人数不足で放送部は廃部になってしまうのだ。

そうなれば、放送室は新設される放送委員会のものとなり、昼休みをここで過ごすことができなくなる。

「……それは困る」

「え？」

「分かった。リクエスト、やってみよう」

「ホント!? わたしの案、採用してもらえるの？」

「今村さんの言うことも、一理あるしね」

「やった！　生きてればいいことあるね！」

目を大きく開きながら喜ぶ今村さんに、僕はやれやれとため息をつく。

彼女と過ごす中で気付いたのだが、今村さんの口癖《くちぐせ》は『生きていればいいことがある』。

教室内でも、彼女はよくこの言葉を使う。

当初僕は、彼女のこの口癖が苦手だった。

なんだかわざとらしく聞こえて。
なんだか大袈裟に聞こえて。
どうせ心の中では消えたいって思っているくせに、って。
だけどいまならば分かる。
彼女は心から、本当にそう思っているのだということを。
真っ白に輝くマークが、それを証明してくれる。
「大袈裟だよな、今村さんって」
気付けば僕は、笑っていた。
こんなふうに口角が上がるなんていつぶりだろう。
ふとそんなことに気付いて、はっとして口元を押さえた。
今村さんならば「絃くんが笑った！」なんて大袈裟に反応しそうだから。
しかし彼女は、僕のことを優しい瞳で見つめているだけだった。
「なるほど、リクエストボックスですか。いいですね」
その日の放課後、今村さんと僕は職員室を訪れていた。
今村さんはこのあと、街へと繰り出したクラスメイトたちと合流するらしい。
純粋に思うけれど、彼女のバイタリティはすごい。

今村さんは、常に楽しいことをしていないと気が済まないのかもしれない。

「さすが柏谷先生！　先生なら、きっとそう言ってくれると思ってた！」

今村さんは先生相手にも、僕にするのと同じように接する。

それが許されるのも、今村さんの持つ明るさゆえだろう。

「しかし、よく絃くんが承諾しましたねぇ」

にこにこと微笑みながら、先生が僕を見る。

「いや、まあ別に……」

なんとなく居心地が悪くなった僕は、左右に少しだけ体を揺らす。

実をいうと先輩たちがいた頃は、生徒からのリクエスト曲を受け付けていた。

しかし僕がひとりになったとき、それも勝手に廃止したのだ。

柏谷先生に指摘されたことはなかったけれど、当然そのことには気付いていただろう。

「今村さんが放送部に入ってくれて、私も嬉しいですよ」

視線を今村さんに戻した先生は、優しく微笑む。

私〝も〟って……。

そんな言い方をしたら、まるで僕まで嬉しいみたいじゃないか。

思った通り、今村さんは僕の方を見ると、とびきりの笑顔を見せる。

「わたしも、すごく嬉しいんだよ。こうして、放送部に入ることができて」

こんなことを言われたら、どんな顔をしたらいいか分からなくなる。

押しかけるようにやって来て。

強引に入部までして。

いつの間にか彼女のペースに巻き込まれて。

だけど今村さんだから仕方ないかって。

いつからか僕はそんな風に思うようになっていた。


――そしてどういうわけかいま、僕たちは肩を並べて街を歩いている。

「箱は先生が用意してくれたから、飾りを買えばいいよね」

スキップしそうな足取りで進む今村さんの横で、僕はそっと憂鬱《ゆううつ》なため息を吐きだした。

ひとが多い街中は苦手だ。うっかり顔を上げれば、道行く人々の消滅願望が見えてしまうし、歩き慣れないこの場所で俯きながら進んでいれば、誰かにぶつかってしまうリスクも高い。

それでもリクエストボックスを作る材料を買いに行こうと誘われた僕は、自分でも気付かぬうち、それを了承していた。

多分、今村さんのペースに呑まれたのだろう。あとはほんの少し、彼女と一緒ならば大丈夫かもしれないという淡い期待があったのも事実だ。

そして、いまに至る。

「百円ショップで、ある程度はそろうと思うんだよね」

「安くて済むもんな」

「お金のことなら心配しなくていいよ、わたし払うし！」

にこっと笑った彼女に、僕は思いきり眉を寄せる。

「部費から出すに決まってるだろ。部活で使うもんなんだから」

「あ、ごめん。つい癖で」

慌てて笑顔を作ったように見える今村さんを前に、僕の中では小さな苛立ちがひとつ膨らむ。

「癖って。そんなにいつも払わされてるわけ？」

「違うよ、わたしが自分から払うって言ってるの。みんなお小遣い足りないって言ってるし、困ったときはお互い様なだけ」

「だからって、あんまり軽く金を払ったりしない方がいい。今村さん、利用されるよ」

「そういうのじゃないから大丈夫だよ。わたしの家、お小遣いが多すぎるの」

うちのお父さん、金銭感覚ちょっとおかしいんだよね。と、今村さんは少し困ったように笑う。

「金で繋いだ縁なんて、それ以上にはならないよ」

知ったようなことを、僕は言ってみる。

金で縁を繋いだことも、繋がれたことも一度もないけど。

そもそも、自分は縁というものをすべて切ってきた人間なんだけどさ。

「…………」

珍しく黙り込んだ彼女に、僕はそっと視線を移す。

賑やかな街を背景に、今村さんはなにかを考えるように、歩を進めるそのつま先あたりを見つめている。

きっと他の誰かなら、こういうときに頭上のマークがひとつ点灯したりする。だけど今村さんのそれは、今日も普段と変わらない。白く輝いたままだ。

だから僕は、安心できる。

僕の一言で、彼女は傷ついたりしないから。

他人からの言葉で、彼女は簡単に『消えたい』なんて望んだりしないから。

「今村さん、店着いたみたいだけど」

僕の声にはっと顔を上げた彼女は、「あ、ごめんちょっとぼーっとしちゃった」と明るく笑った。

駅前の商店街にある百円ショップは、狭い土地に無理やりお店を詰め込んだような印象だ。

二階建ての店舗の中には、所狭しと商品が並べられている。

「えーと、文具は一階みたいだね」

他のひとたちの顔を見ないよう、前を進む今村さんの背中を追う。

スカートからすらりと伸びた足元には、亀のキャラクターが刺繍されたワンポイント靴下。

もしかして、亀吉をイメージして買ったのだろうか。

ふっと小さく笑みがこぼれる。

今村さんは、ちょっと不思議だ。

どうでもいいことに関しては「見て見て」とか言ってくるくせに、肝心なところは自分から口にしたりしない。

宿題のノートのときもそうだったように。

「ボックスに、亀吉でも貼る？」

だから僕は、がらにもなくそんなことを言ってしまう。

「紘くん……すごい名案なんですけど！」

僕の言葉に振り返った彼女は、狭い通路で目を輝かせる。

それからすごい勢いで、画用紙やらマスキングテープやらカラーセロファンやらをカゴへ入れていく。

「目の部分、このキラキラのビーズにしたら絶対かわいいよね？」

「あいつ、こんなに目でかくないけど」

「たしかに、亀吉はつぶらな瞳ではある……。そしたら、こっちのビーズは？」

「これくらいなら、まあ」

「うん、いい感じになりそう！」

ただの部活の買い出しだ。

ただの街中の商店街の、どこにでもある百円ショップだ。

それなのに、なんでこんなに楽しいと感じてしまうんだろう。

「なんかすごく、楽しいね」

まるで心を読んだかのように、今村さんが僕に言う。

一瞬たじろいでしまったものの、それすら彼女の前では無意味に思え、僕は少し唇をかみつつも「まあ」と頷《うなず》く。

春弥ならばこういうとき、素直に「すっげー楽しい！」って言えるんだろうけど。

あいにく僕には、そういった素直さや清々しさは備わっていない。

だけど今村さんは、全部分かっているのかもしれない。

僕の反応に満足そうに頷きながら、今日もあの口癖を言った。

「生きてれば、いいことあるよね」って。

一通りの買い物を終えると、外は暗くなり始めていた。

そういえば、今村さんはクラスメイトたちとの約束があったのではないか。

「荷物は、僕が持ち帰るから」

「いいの？　結構かさばっちゃうけど」

「大丈夫。今村さん、約束があるんだろ？」

ああ、と頷いた彼女の脇《わき》を、数人のグループがぶつかりそうになりながら通り過ぎていく。

一歩よろめいた彼女の両肩を、思わず後ろから支えてしまう。

「大丈夫？」

顔を覗《のぞ》き見ると今村さんは真っ赤になっていて、僕は慌てて手を離した。

普段から男女問わず友達がたくさんいて、その距離も近い今村さんがこんな反応をするなんて。なんていうか、予想外だ。

つられるように、僕の顔まで熱くなる。

「あの、なんかごめんね！　ちょっとびっくりしちゃって」

へへっと肩をすくめて笑う今村さんに、こういうときには救われる。

変な空気にならないように、僕が気まずくならないように。

こんな風に先回りして、おどけてくれる。

「ほんとだよ、僕までつられちゃったじゃないか」

おかげで僕も、冗談まじりにそう返せる。

そうすれば、ふたりでなんとなく笑い合うことができるから。

最近では、どうして今村さんの周りにひとが集まるか、分かる気がするんだ。

きっとみんな、彼女の作り出す空気に救われているのだろう。

「ウィンターマーケット初日だから、やっぱりひとが多いね」

「ああ、そういうことか……」

「そう。みんなで行こうって話してたの」

「なるほど」

この街では、毎年冬になると駅前の大きな広場で、ウィンターマーケットというイベントが行われる。

俗に言うクリスマスマーケットの期間が長いバージョンで、北欧をイメージした雑貨やあたたかいフードやドリンクなどの出店がおしゃれに連なる。

広場を彩るイルミネーションも、毎年人気だ。

僕だってこんな風になるまでは、よく春弥たちと訪れたものだ。

「絃くんも、一緒に行かない？」

もし僕が、普通の内気な――それでいて斜《しゃ》に構えた――男子高校生だったら、戸惑いながらも「まあ、行くのもいいかな……」などと答えたかもしれない。

だけど、他人の消滅願望が見えてしまう僕にとって、人混みは地獄と同じだ。

実際には、行きたいという思いがあっても行けない事情が僕にはある。

「いや、僕はいいや」

「……そっか」

ちょっと寂しそうに、だけど彼女は笑った。

百円ショップだってあんなに楽しかったんだ。

今村さんと行くウィンターマーケットは楽しいだろうということも想像はついた。

改札の前、僕らはどちらからともなく足を止める。

「じゃあわたし、そろそろ行くね」

「分かった」

気を付けて、と付け加えそうになったのを、喉《のど》の手前で呑み込んだ。

なんだか、かっこつけているように聞こえそうだったから。

別にそう遠いところへ行くわけでもないし。

別にそんな遅い時間ってわけでもないし。

待ち合わせ場所に行けば、クラスメイトたちが彼女を待っているわけだし。

「明日、一緒にリクエストボックス作ろうね」

「うん、分かった」

「先に家で作ったりしないでね？」

「そんなに暇じゃない」

「ふふっ、それもそっか」

そう言って楽しそうに笑った今村さんは、僕に向かって右手を振る。

「それじゃあまた、明日学校でね」

だから僕も、彼女に倣って右手を上げた。

「また」

満足そうな表情で頷いた今村さんは、くるりと踵を返すと歩きだす。

もう少し見送りたい気持ちを抑え、僕も改札にスマホをかざした。

後ろでは、北欧の雪景色を連想させるような、鈴の音の混ざった音楽が響いていた。

きみが信じてくれるなら

優しさを持つ男とおもしろさを持つ男をかけ合わせれば、人気男子ができ上がる。

おまけにスポーツ万能とくれば、言うことなし。

それでも完璧というわけじゃなくて、勉強ができないとか、バスケ部のエースとまではいえないっていうところがまた、親近感を抱かせる。

そんな男が、宮倉《みやくら》春弥だ。

「紘ーっ！　マーケット持ってきた！」

そんな意味の分からない台詞と共に部屋へやって来た春弥。嬉しそうな表情通り、頭上のマークはすべてからっぽ。気分は上々！といったところだろう。

春弥の両手に握られたビニール袋からは、なにやらおいしそうな匂いが漂ってくる。

午後九時ちょっと過ぎ。

こんな時間でも、春弥は我が家へやって来る。そして母親も、春弥のことはホイホイと僕の部屋へあげてしまうのだ。

「こっちがクラムチャウダー。これはでっかいホットドッグ。で、特製ローストチキンとポテト」

「ウィンターマーケットで買ってきたわけ？」

「そーそー。バスケ部のやつらと練習終わりに行ってきた」

「それで、わざわざ僕にも？」

「そ。紘も マーケット好きだったじゃん？」

なんてことのないようにそう言って、袋からパックを取りだす春弥。

ウィンターマーケットなんて、別に好きというほどのものではない。

だけどたしかに、小学校や中学校の頃は、春弥や仲間たちと共に出かけたものだ。

学校でしか会わないひとたちと、プライベートの時間帯、イベントで偶然会うかもしれないという高揚感。

ちょっとした非日常感が味わえる夜は、いつもより特別に思えた。

「本当は俺、紘と一緒に行きたいけどさぁ。人混みが嫌いじゃ仕方ないもんな。だからせめて、雰囲気だけでも」

「春弥って本当、世話好きだよな」

「そんなつもりはねーけど」

「でも実際、僕に構い続けてるのって春弥くらいだ」

人間関係って、鏡みたいだ。

自分が明るい気持ちで過ごしていれば、周りにも明るいひとたちが集まってくる。

だけど自分が彼らと目を合わせなくなった途端《とたん》、周りも僕から目をそらすようになった。

それなのに春弥だけは、小さい頃となんら変わらず、僕の近くにい続けている。

「本当はみんな、また紘と騒いだりしたいんだよ」

中学の同級生たちに、マーケットで偶然会ったという春弥はそう続ける。

「みんな、紘どうしてる？って聞いてくんの」

ふと、胸の奥の傷が疼《うず》いた気がして、静かに深呼吸をしてやり過ごす。それからなんてことのない表情で、ビニールの中を確認するふりをした。

「相変わらず辛気臭《しんきくさ》いままか、って？」

僕の言葉に、春弥は「そんなんじゃないって」と明るく答える。

「紘が元気ならまた遊ぼうぜ、みたいな」

「社交辞令だろ、どうせ」

「そんな見えないところ探っても、仕方ないじゃん？」

表情ひとつ変えずにそう言う春弥は、ビニールに入ったスプーンを取りだすと、クラムチャウダーのカップの蓋をぱかりと開ける。

いや、僕にと買ってきたんじゃなかったっけ？

「山田《やまだ》が――」

少し間を開けてから春弥が発した名前に、僕の肩はぴくりと揺れる。

春弥はそんな僕をちらりと見てから、眉を下げて視線を戻す。

「山田がさ、絃に会いたがってた」

「……そんなわけないだろ」

山田は、中学時代の同級生だ。いつも一緒にいた仲間内のひとりで、いつもにこにこしている穏やかなやつだった。

だけど、山田は頭上のマークを五つすべて点灯させていた。

消滅願望が見えるようになったばかりの僕は、そんな山田が気になって仕方なかった。いつでも山田のそばをついて離れず、常に顔色を窺うようにしていた。

そんなことを続けていたある日、山田から言われたのだ。

『監視するなよ、鬱陶《うっとう》しい』

――と。

苦い記憶が蘇り、すぐにみぞおちの奥底へと押し沈める。

僕の心配は、山田にとって余計なお世話だった。

そして実際、山田は消えたりなんかしなかった。消滅願望をいっぱいにしながらも、その道を選んだりはしなかった。

あれ以来、僕は周りと関わることを避けるようになったのだ。

黙り込んだ僕に、春弥はふぅ、とひとつ息を吐きだした。

「俺は難しいことはよく分かんないけど。また紘がみんなと騒げるようになればいいなーと思ってる」

そんなの、いまさらもう無理だ。

見たくないものが見えてしまうから困ってるんだ。

なんてことはもちろん言えず、黙ってホットドッグの包みを手前へと引き寄せた。

このままぼーっとしていれば、並べられたものすべてを春弥に食べられてしまいそうだ。

「最近、今村とはよく話してるじゃん」

クラムチャウダーにクラッカーを浸《ひた》している春弥の言葉に、口に入れたホットドッグをかまずに飲み込んでしまう。

だってここで、今村さんの名前が出てくるとは思わなかったから。

トントンと喉元を叩いてやり過ごすが、春弥に他意はなかったらしい。

「あの子、すごいよなぁ」

ただただ感心するように頷いている。

「放送部に入ったんだって？　今村」

「ああ……、うん」

「じーちゃん先生と絃のふたりだけの放送部に、よく入ろうと思ったよな」

自分で言うのもなんだが、放送部は〝辛気臭い部活動ナンバーワン〟だ。

ラジオ好きな年配の教師と、他人と関わろうとしない男子高校生で成り立っている、青春とは一番遠いところにありそうな部活なのだから。

「同情心というか、おせっかいというか。そういうところじゃないの。いかにも今村さんらしい」

「いまのままじゃ、放送部廃部だもんなぁ」

今村さんと話をするようになってから、彼女が悪いひとではないことは分かった。

消滅願望があるくせに、楽しそうな顔で嘘をついている他のひとたちとは違う。

彼女の消滅願望は清々しいほどにゼロで、その通り今村さんはいつだって楽しそうだ。人生を謳歌《おうか》している、という感じ。

だけど、だからこそ。

彼女がどうして僕にここまでこだわるのか不思議だった。

きっかけはあの夜、川で彼女を助けたこと。

それがまさか、放送部に入部するまでになるなんて想像もしていなかった。

「今村さんは、困ってるひとを放っておけないタイプなんだろ。別に僕は困ってたわけじゃないけど」

「たしかにそれは言えるかもな。ボランティアとかもやってるらしいし」

「だからって友達におごりすぎじゃないの」

「それは友情の範疇《はんちゅう》なんじゃねーの? ほら、俺だって今日紘におごってるじゃん?」

「ふうん……」

テーブルに広げられた食べ物を前に、僕は首を捻《ひね》った。

春弥のそれと、今村さんのしていることは、根本的に違うような気がしてならない。

でも、なにが?と聞かれてもうまく答える自信がないから黙っておいた。

「そういえば、マーケットで今村にも会ったよ」

「あっそ」

「あの子いいよな。いつ見ても楽しそうで」

なんだ。僕と別れるときには、ちょっと寂しそうな表情に見えないでもなかったけど。

やっぱりそんなのは、ただの思い違いだ。

ふと、そんなことを考えている自分が恥ずかしくなり、残りのホットドッグを一気に口へと詰め込んだ。

「取ったりしないから安心しろよ」

そう笑う春弥。

冷めきったホットドッグはお世辞にもおいしくはなくて。

だけど屋台だからこその味わいみたいなものもたしかにあって。

買ったその場で食べたのならば、五倍増しくらいでおいしく感じられただろう。

いつか僕も、また味わうことができるのだろうか。

キラキラと輝くイルミネーションを背に食べる、あたたかいホットドッグを。

□□□■■

翌日の放課後、僕らは放送室で段ボール箱を挟んで向かい合って座っていた。

「亀吉はわたしが作るから、紘くんはワカメとか貝をお願い」

「ウミガメじゃないんだから、ワカメとか貝はおかしくない？」

「細かいことは気にしない」

「はいはい」

リクエストボックスのデザインコンセプトは、亀吉を中心としたものに決定した。

本当ならば適当に画用紙でも貼り付けて、〝リクエストボックス〟と書けばそれで完成だ。

だけど今村さんは凝《こ》ったものにしたいらしく、すごい集中力で画用紙を亀の形に切っていく。

「今村さんはこういうの、好きなの？　工作とか」

「うん、没頭できる感じが楽しくて。紘くんはある？　気付いたら入り込んでる、みたいなの」

今村さんはハサミを操る手元を見ながらそう言う。

海藻みたいなひょろひょろっとした柄を緑の画用紙に描きつつ、僕は少し考える。

ラジオを聴くのは好きだ。

でも、没頭できる感じというのとはちょっと違う。

小説を読むのも好きだけど、感情移入などはほとんどしない。

「ない」

簡潔に答えると「潔いとこ、紘くんらしいね」と彼女は笑った。

今村さんの手元では、あっという間に亀の甲羅《こうら》の基盤が完成する。

それから今度は、黒い画用紙を細く切り始めた。甲羅の模様を再現するためのものだ。

ペンで描けば簡単なのに、手間暇かけて作りたいみたいだ。

「今村さんって、いつも楽しそうだよな。生きてるの楽しい、みたいな」

何度描いてみても、僕のワカメは不格好なミミズみたいにしかならない。

水底から生えている、ひょろひょろミミズ。

そういえば、そんな生き物がいた気がする。

チンアナゴ、だったっけ。いっそのこと、これはチンアナゴにした方がいいかもしれない。

海だろうが池だろうが、ワカメがいる時点で細かいことは気にしないことにした。

今村さんもそう言っていたし。

オレンジ色の画用紙を、袋から一枚取りだす。

「なんでそんな、いつも笑顔でいられんの？」

「それはさ、毎日を楽しむんだ！って、わたしが決意をしてるからだよ」

堂々とそう言いきる今村さんに、ちょっとした違和感が僕の中で小さく揺れる。

だって、楽しむことは決意するようなことではない気がしたから。

だけど今村さんは、迷いなく言葉を続ける。

「どんなことも、自分の心がけひとつなのかなって思うんだ。楽しもうと思えばちょっとしたことも楽しめるし、つまらないって思えば毎日は退屈になっちゃう気がして」

「心がけひとつ、か」

「世の中の大体のことは、わたしじゃどうにもできないけどさ。だからこそ、自分の気持ちくらいは自分でコントロールできたらいいなって思うの」

なるほど。彼女には彼女のセオリーがあるらしい。

「じゃあテストも楽しめる、と」

「……それはちょっと別」

あっという間に手のひらを返した今村さんに、僕は思わず笑ってしまった。

そんな僕を見て、今村さんも楽しそうに笑う。

誰かと目を合わせながら、なんてことのない話をして。

別にどうってことのない話題で笑って。

そんな当たり前のことが、僕にとっては何年も当たり前じゃなかった。

昔の僕をよく知る春弥の前では、反《かえ》って素直に笑うことなんてできなかった。

「今村さんといると、楽だな」

「え？」

心の声が出てしまっていたことに、今村さんのきょとんとした顔で気付く。

「あ、いや、だからえっとー、そのあれ、ラクダラクダ……ラクダのこぶってなにが入ってるか知ってる？」

焦るがあまり、そんな変な質問をしてしまう。

ところが今村さんは、すぐに考える顔をして「水分を蓄えているんじゃなかったかな……」などとぶつぶつ言っている。

今村さんのこういう単純なところ……ではなく、素直なところは本当に助かる。

だけど内心、僕が一番驚いていたのだ。

まさか他人と一緒にいて、これほど楽だと思える日が来るなんて。

その相手が、敬遠していた今村さんだったなんて。

ひと同士の縁というのがどんな風に繋がって、どんな形を描いていくかは、きっと誰にも分からないのだ。

学校を出ると、外はすっかりと暗くなっていた。

びゅお、と冷たい風が吹いて今村さんが肩をすくめる。

「冬は日が落ちるのが早いから、損した気分になるよな」

こんなに暗いけれど、まだ夕方の五時過ぎだ。

夏の同じ時刻は、もっともっと明るいのに。

「その分、星が綺麗に見えるから、得した気分になれるんじゃない？」

そう言った今村さんは、足を止めると空を見上げる。

満天の星、なんかじゃないけれど、たしかに彼女の言う通り、ひとつだけ大きな星がキラキラと輝いている。

どんなにマイナスなことも、プラスに変換できる力を持つ今村さん。

彼女の頭上のマークが白く輝いているのは、負の感情を吹き飛ばすだけの強さを持っているという意味なのかもしれない。

そんな彼女の横顔をじっと見ていると、きゅるるる～という情けない音が聞こえてきた。

「……お腹空いちゃった」

ちょっと照れくさそうにした今村さんは、右手でお腹を二度ほどさする。

「ラーメンでも、食べに行く？」

「え、いいの？」

駅と学校の中間地点にある、昔ながらのラーメンが美味《おい》しいお店。

いい感じに汚くて狭い店内は、お昼時はそこそこ混雑するそうだが、夕方以降はほとんどひとが入っていない。

普段外食なんてしない僕だけど、そこにはごくたまに、店内に誰もいないのを確認してから入ることがあった。

シンプルなラーメンはおいしくて、どこかほっとする味。

「ラーメンって、あんまり食べる機会がなかったからすごく楽しみ」

「女子同士で行ったりはしないもの？」

「夕飯はほぼ毎日、外で食べてるんだけど。友達と行くのは、カフェとかファミレスが多いから」

「それも全部、今村さんが払ってるわけ？」というひとことは、言わずにおいた。

僕が彼女の行動になにか言う権利なんて、どこにもない。

それに彼女が納得しているのならば、それでいいはずなのだから。


「いらっしゃいませー」

僕の予想通り、店内にお客さんは誰もいなかった。

年配の夫婦でやっているこのお店は、どこか懐かしさを感じられる中華料理屋だ。

「こちらの席へどうぞ」

おばちゃんが案内してくれたのは、一番奥のテーブル席。

後ろの席との間には、僕の背と同じくらいの仕切りが置かれている。

これならば他にお客さんが来ても、彼らの頭上のマークは見なくて済みそうだ。

ほっと胸を撫で下ろす僕の正面で、今村さんはそわそわとお店の中を見回している。

「こういうところ、初めて来た」

「ラーメンの他に、野菜炒め定食とか餃子《ギョウザ》定食とかもあるけど」

「紘くんはなににするの？」

「僕はラーメン」

「じゃあ、わたしも同じのがいい」

それを聞いていたおばちゃんは、にこにこしながら頷くと厨房《ちゅうぼう》へと戻っていった。

「なんか今村さんって、春弥と似てる気がする」

「初めて言われた。どんなところが？」

「なんだろう、犬系っていうか……」

春弥にしても今村さんにしても、こんな僕といても嬉しそうにしてくれる。それどころか僕がいなきゃつまらないと言ってみたり、僕が食べるものと同じものを注文してみたり。

尻尾《しっぽ》を振ってこちらを見上げる、犬たちを想像してしまうのだ。

ちなみに春弥はゴールデンレトリバーで、今村さんは小さい柴犬みたいなイメージだ。

「豆柴、大好きだから嬉しい！」

僕のイメージを聞いた今村さんは目を輝かせる。

犬みたいだ、なんて、ひとによっては怒らせてしまう言葉なのかもしれないが、今村さんはどんなこともプラスに受け取ってくれる。

「春弥くんのゴールデンレトリバーも、すっごい納得」

「だろ？　でっかい体で尻尾ゆさゆさ振りながら勢いよく飛びついてくる、みたいな」

僕の言葉に、今村さんは楽しそうに笑う。

「春弥くん、紘くんのこと大好きだもんね」

「いや、あれは腐《くさ》れ縁《えん》みたいなもんだから」

なんとなく気恥ずかしくなり、そんな言葉でごまかす。

「ふたりを見てると、本当の友達って感じするな」

「今村さんだって、友達が多いだろ」

「そうだね、友達百人はいると思う！」

「小学生かよ」

そう言いながらも、本当にその通りかもしれないと僕は密かに思っていた。

今村さんはクラス関係なく、どこにいても声をかけられている。そんな場面に、僕は何度も遭遇してきた。

簡単に言うならば、今村さんは学校の人気者なのだ。

「わ、おいしそう……！」

そんな彼女はいつもの楽しそうな表情をさらに輝かせ、ついいま、おばちゃんが持ってきてくれたラーメンに感動している。

「すっごい綺麗。スープが透き通ってる」

なんの変哲もない、昔ながらのラーメン。

透明のスープの上には、煮卵とメンマ、ワカメと海苔《のり》がトッピングされている。

「伸びないうちに食べなよ」

「そうだね。いただきます」

テーブルの端にあったケースを開けて、割り箸を彼女に渡す。

そして早速、メンマを一口齧った彼女は「おいし……！」と顔をほころばせた。

「歯ごたえがいいね」

「メンマ好きなの？」

「うん、そうみたい」

「じゃあ、僕のもどうぞ」

食べられないわけじゃないけど、進んでは食べたくないもの。

僕にとって、それがメンマだ。

普段はスープの中に埋めて、なかったことにしてしまうけれど、好きなひとに食べてもらった方がメンマだって幸せだろう。

「え、いいの？　生きてれば、いいことあるねえ」

「相変わらず大袈裟だな」

メンマ倍量のラーメンの前、今村さんは嬉しそうに笑う。

しかし、そこからが不自然だった。

今村さんはちらちらと僕を見ながら、ラーメンを数本すくい、少しずつ食べるだけなのだ。

小動物じゃあるまいし。

「ラーメンなんだから、もっと思いきり食べれば？」

「……そういうものなの？」

「もしかして今村さん、本当にラーメン食べたことないの？」

目を丸くした僕に、今村さんは気まずそうに頷く。

それから慌てたように、顔の前で両手を振った。

「あのね！　別にお嬢様とかってわけじゃないんだよ？」

そう言われたことが、これまでにあったのだろうか。

彼女は必死に説明を続ける。

「たまたまそういう、ラーメンを食べる機会がなかっただけで」

「家で即席ラーメンとか出てこなかった？」

うちなんて、週末の昼はほぼ百パーセント即席ラーメンだ。

「うちのお父さん、そういうのあんまり好きじゃなくって」

なるほど。

春弥によると、今村さんの家はとても裕福だそうだから、お父さんはそういうものは娘にも食べさせないようにしてきたのかもしれない。

「まあとにかく、音を立てて食べればいいんだよ。そっちのがラーメンはうまい」

「そうなの?」

「僕の姉ちゃんなんて、僕よりでかい音を立てて食べるよ」

「絃くん、お姉ちゃんがいるんだ」

「ひとり暮らししてるから、家にはいないけど」

「そうなんだ」

「とにかく細かいことは気にせず、思うがままにラーメンを食べればいい」

あまり家のことを追及するようなことはしたくなくて、僕はもう一度ラーメンをすする。

ほっとしたような表情を見せた今村さんは、意を決したような顔をしてから、ずずずっとラーメンをすすって「おいしい!」と目を輝かせたのだった。

□■■■■

「最近お昼の放送、なんか変わったよね」

「昨日はLOOP《ループ》の新曲も流れてたし！」

「前は古い曲ばっかで、なんかイマイチって感じだったよね。先生しか知らないんじゃない？みたいな」

「曲のリクエストも受け付けてるんでしょ？」

「佳乃が放送部に入ってから変わったよ。ねっ、佳乃！」

朝の教室。

この会話は現在、僕の斜め後ろあたりで繰り広げられている。

今村さん発案のリクエストボックスは、想像以上に好評を博していた。

毎日のように届くリクエスト。僕たちは流す曲の選出に大忙しだった。

「わたしじゃないよ。これまでの放送部が作ってきたベースがあってこそだから」

今村さんはそう言っているけれど、実際、彼女が入ってから放送部はずいぶんと変わったと思う。

まず、柏谷先生のすすめもあり、放送の冒頭に今村さんがひとこと言うようになった。

『みなさん、こんにちは！　一月十五日水曜日。ほっとできるひとときを、放送部がお送りします』

彼女の声は軽やかで、だけどどこか落ち着いてもいて、スピーカーを通しても耳心地のよい響きを持っている。

どんなひとがこの放送を流しているのか。

そういうのが分かると、ぐっとみんな興味を持って聞くようになった。

その中で伝えたリクエストボックスだったからこそ、これだけ反響があったのだと思う。

「佳乃の声、すごくいいよね」

「アナウンサーの声みたいに聞きやすいし」

「もっと佳乃が話すパート増やせばいいのに」

そんな女子たちの会話に、今村さんは「いやいやそんなことないよ」と笑っている。

しかし僕は、彼女たちの台詞を心の中でこっそりとメモしていた。

なるほどなと思う部分が、その中にはいくつもあったからだ。

〝放送〟というものが好きだ。

だけど、学校の放送なんて誰も聞いていないのだと思ってきた。

ラジオとは違って、素人が学校の中だけでやるようなものだし。

だけど、内容が変われればこんな風に楽しみにしてくれるひともいることが分かった。

昨日だってリクエストボックスに入っていた『今日はどんな曲が流れるかなって、

いつもわくわくしています』というメッセージに、僕はがらにもなく、小さな感動を覚えてしまったのだ。

ほんの少しだけ振り返ると、偶然こちらに目をやった今村さんと視線が重なる。僕が即座に反応できずにいる一瞬の間。今村さんは、にこりといつもの笑顔を見せたのだった。


「今村さん、あれからもハマラジ聴いてたりする？」

その日の放送中、リクエスト曲を再生した僕は、思いきって尋《たず》ねてみる。

はまやんラジオ——通称ハマラジは、僕が一番好きなラジオ番組だ。

前に今村さんの口からも、その話題が出たことがある。

「うん、すっかりハマっちゃった。毎週聴いてるよ」

「あの番組、いいよな」

「DJはまやんがいいんだよね！　メッセージへの返しが、優しくておもしろい」

「人気DJと言われるだけある」

「ラジオってあんまり聴いたことなかったけど、奥深いね」

「色々勉強にもなるよな」

プロのラジオと、高校生の校内放送を一緒にしてはいけない。

それでも、〝放送〟という大きなくくりでは、ラジオ番組には僕らの参考になる部分がたくさんあった。

流す曲の順番とか、声のトーンとか、曲紹介の仕方とか。

思いのほか熱くそれを語ってしまうと、今村さんがにこにこしながらこちらを見ていた。

「なに……？」

「なんか絃くん、最近すごく生き生きしてる感じする」

「……別に、そんなんじゃないけど」

「最初のころは、死んだ魚みたいな目してたもん」

「なんだよそれ」

そう返しつつも、自分でも若干は自覚している。

毎日が、本当に苦痛だった。

顔を上げれば世の中は、『消えたい』と願っているひとで溢れていて。

そんな世界に希望を持て、なんて言われる方が無理だった。

だけど最近はほんの少し、こんな毎日の中にもわくわくすることがあることに気付き始めていた。

彼女の言葉を僕流にアレンジするならば、『生きていれば、悪いことばかりでもない』といったところだろうか。

「絃くん、変わったよね」

「……まあ、そうかもな」

その一因が誰によるものなのかは明白だったけれど、わざわざ口にしたりはしなかった。

今村さんはそんな僕を優しい瞳で見つめたあと、そっと息を吐きだす。

「わたしも、変われるかな」

小さく呟かれたその言葉は、僕にとっては意外なものだった。

「今村さんでも、変わりたいとか思うんだ」

裏表がなく、太陽みたいな今村さん。友達も多くて、いつも前向きな彼女には、変えなければならないところなんてないように思える。

今村さんはちらりとこちらを見ると、今度は大袈裟なため息を吐きだして空を仰いだ。

「もちろん、わたしだって変わりたいと思うよ。夜中にお菓子を食べたい衝動を抑えられないとか、早起きするのが得意じゃない自分とか」

「勉強が苦手なところとか？」

「そうそう……――って誰が頭良くないって？」

こんな茶番みたいなことだって、今村さんとなら自然とできてしまう。

そんな中、彼女は「そうだ！」と手を打つ。

「紘くんとわたしで、勝負しない？」

話題を切り替えた今村さんは、そのまますいっと顔をこちら側に近付けてきた。

僕はその距離に一瞬どきりとしながら、「どういうこと？」と身を引く。

今村さんはひとととの距離感が、ちょっとおかしいところがあると思う。

いつもクラスの女子たちとも、腕を組んで歩いていたりするし。

「ハマラジにメッセージを送るの。紘くんとわたし、先に読まれた方が勝ち！」

「それが勝負ってこと？」

「うん。紘くん、ラジオ番組にメッセージって送ったことある？」

「いや……聴くの専門だったから」

僕の言葉に、今村さんは満足そうに頷いている。

「わたしも最初は聴くだけで楽しかったんだけどね。毎週聴いてたら、自分も送ってみたくなって」

「それならば普通に、送ってみたらいいじゃないか」

「どうせなら、勝負にした方が楽しいじゃない」

「そういうもんかな」

「そういうものだよ！」

呆れた様を装いつつも、僕は内心ちょっとわくわくしていた。

本当は僕だって、メッセージを送ってみたいと思ったことがあったから。

だけど謎の照れくささとか、僕なんかが、みたいな遠慮が働いて、これまで一度も送ったことはない。

「じゃあ早速、今夜から送ろうよ！　お互いのメッセージが読まれたって分かるように、ラジオネームから考えよう」

善は急げという言葉は、今村さんのためにあるのかもしれない。

だけどそれにまんまと乗せられてしまう僕がいるのも事実だ。

「ラジオネームか……。これまで考えたことなかったな」

「好きなものから連想してみる？　食べ物とか、動物とか」

頭の中に浮かぶものを、ひとつずつ文字変換させていく。

そこでふと、今村さんと食べたラーメンが浮かび上がった。

「〝メンマなしラーメン〟……」

「もしかして、この間の？」

「そう。今村さんにメンマを全部あげたあとの」

彼女にもあのラーメンが浮かんだのだろう。

カラカラと楽しそうな笑い声を上げ、僕はなんとなく嬉しくなってしまう。

「じゃあわたし、〝シバカノ〟にする!」

「なにそれ」

「豆柴と佳乃を合わせた名前」

「なるほどね」

彼女の中にも、僕との会話が残っている。

そのことは、心をぽつぽつとあたたかくしていく。

もちろん、言葉や顔に出したりはしないけど。

「それじゃ、勝負だからね」

「了解。今夜からな」

こうして、僕たちの勝負は幕を開けたのだった。

『さてさて、今日もメッセージたくさんありがとうございます。本日のラストメッセージはラジオネーム〝ぽんこつおじいちゃん〟から!』

『今夜も聴いてくれてありがとうございました! 今日最後のメッセージは、ラジオネーム〝熟したみかんはどこまでもつか〟さん!』

『いつもお便り紹介しきれなくって申し訳ない！　ラジオネーム〝パパイヤダンス〟さんのメッセージで今日はお別れしましょう！』

「全っ然読まれないね……」

「ちょっと僕も甘く見てた」

「メッセージって、こんなにも読まれないもの!?」

「僕たちが思う何百倍ものひとたちが送ってるのかもな」

送れども送れども、メッセージが番組で紹介されることはない。

いままでの僕ならば、そんなもんだよなと送るのを諦めていただろう。

「それだけすごい倍率ってことでしょ？　つまりメッセージが読まれたら、それはもうとんでもなく幸運ってことだよね。なんか燃えるよね！」

だけどこうやって、どんなことでも前向きに捉《とら》えられる今村さんが一緒だから、自分の中のネガティブな気持ちが顔を出してこないんだ。

そうして送り続けておよそ一か月半。

ついにそのときがやって来た。

『いやぁ、だいぶ春が近付いてきたね。ついこの間まで年末年始だとか言ってたのに、時間が経つのは早いものです。

さ、今日ラストのメッセージは現役高校生からだよー。ラジオネーム〝メンマなしラーメン〟さん』

——来た！

心臓が、大きく揺れる。

ベッドの上で寝転がっていた僕は、勢いよく飛び起きた。それからスピーカーを最大音量まで引き上げた。

すごい速さで心拍数が上がっていく。

『はまやんさんこんばんは。いつも楽しみにしています。僕は放送部に所属しているのですが、昼の校内放送でハマラジが聞ければいいのにといつも思っています。出張放送とかしてください！』

読まれた！　DJはまやんの声で、僕のメッセージが！

その瞬間、スマホがブブブと小刻みに震えた。

『紘くんすごい！　紹介されてる！』という、今村さんからのメッセージだ。

一緒にいるわけではないのに、同じように興奮してくれているのが伝わってくる。

緊張と高揚感で心臓の音が鼓膜に響く中、リラックスしたはまやんの声は続いている。

『出張放送、新しいなぁ。いいねいいね、いつかやりたいね。でもまずはさ、〝メンマなしラーメン〟さんがやっちゃえばいいと思わない？　放送部なんでしょ？　それなら番組をさ、校内放送でやっちゃいなよ！』

へ……？

僕はぽかんと、スピーカーから聞こえた言葉に口を開けた。

その瞬間、今度はスマホに着信が入ったのだ。

「絃くん！　はまやんの言う通りだよ！　ラジオ番組やっちゃおうよ！　お昼の放送で!!」

興奮した今村さんの声が、スマホの向こうで大きく響いた。

■■■■■

「ラーメン、ふたつお願いします」

「はいよー」

翌日の放課後、僕らは再びあの中華料理屋を訪れていた。

今日も奥の席に座った僕ら。店内には、サラリーマンのおじさんがカウンターにひとりいるだけだ。

「今回の勝負、完敗だったなぁ。悔しい！」

そんな言葉とは裏腹に、なんだか嬉しそうな表情の今村さん。

「それじゃあ絃くん、ご希望をどうぞ」

負けたひとは、勝者の言うことをなんでもひとつ聞かなければいけない。

それが今村さんが最初に課した、この勝負のルールだった。

「今日のラーメンごちそうする？　餃子に野菜炒め、麻婆豆腐《マーボーどうふ》も追加していいよ」

メニューを顔の前に出す今村さんに、僕は「そんな食べないって」と苦笑いする。

本当はもう、お願いすることは決まっていた。

「今村さん、DJやってよ」

「……へ？」

リクエストボックスにあった『いつもわくわくしています』というメッセージ。

クラスの女子の『もっと佳乃が話すパート、増やせばいいのに』という言葉。

DJはまやんの『やっちゃいなよ』という、背中を押す一言。

僕は、やってみたいと思うようになっていたのだ。

大それたことなんてできないけれど、もっとたくさんのひとたちが楽しめるような放送を作ってみたい。

たとえば僕みたいに、毎日を無気力に過ごしているひとたちがちょっとでもほっとできるような瞬間を、放送を通して作りたい。

　そしてその実現には、今村さんの力が必要不可欠なのだ。

「リクエスト曲を紹介するとき、それにまつわるちょっとしたエピソードを話すとかさ。他にも、メッセージ募集するのもいいかなって」

　テーマを決めて、それに沿ったメッセージを校内で募集する。

　リクエストボックスに入れてもらって、お昼の放送で紹介する。

　たったそれだけでも、なんだかラジオ番組みたいだ。

「自分が投稿したものが流れるかもって思うと、みんなわくわくするし。今回の僕たちみたいに、今までよりも楽しみながら聞くことができると思う」

　メッセージが読まれるかもしれないという可能性だけで、他人事だった事柄が、自分事になる。

「そ、そうかもしれないけど……」

「やりたくない？」

「……正直、楽しそうだなって思うよ。だけど、うまくやれる自信もない。はまやんみたいに、上手に回せるわけがないし、気の利《き》いた返しもできないし」

「うまくやろうとか、気の利いたことを言おうとか。そんな風に気負わなくていいと思うんだ。いつも通りの今村さんでさ」

　彼女の選ぶ言葉や話し方、声のトーンには、相手をごくごく自然に肯定し、前を向かせてくれる力がある。
それを僕は、身をもって実感してきた。
今村さんは唇をきゅっとかみしめたあと、小さく口を開く。
「わたし、絃くんが思ってくれてるような人間じゃないよ」
らしくないな、と僕は思った。
今村さんはもっといつも自信があって、どんなことも前向きに捉えられるひとだから。
だけどそれくらい、今回の提案は、彼女にとって大きなことだったのかもしれない。
ちょうどそこへ、ラーメンがふたつ運ばれてきた。
今日のラーメンも、おいしそうな匂いをさせている。
「――今村さんと話すようになるまで、誰とも関わりたくなかったんだ」
箸箱を開いて、割り箸を彼女に差しだす。
今村さんは口をつぐむと、それを受け取りながら僕の話に耳を傾《かたむ》けた。
「だけどそんな僕でも、今村さんとはこうやってラーメンを食べるようになった」
人間には、表の顔と裏の顔がある。
顔で笑っていても、消えたいと思っていることもある。
消えたいなんて思ってもいないくせに、誰かに同調して哀しみの表情を見せたりもする。

目に見えることだけじゃ、なにも分からない。

気持ちはそのひとだけのもので、他人がどうこうできるものではない。

だから僕は、周りのひとたちを信じることができなくなった。関わることを、避けるようになった。

だけどさ。

「今村さんと一緒にいると、いろんなことがなんとかなるんじゃないかって思えるんだよ」

眩しいほどに明るくて、強引で、僕の気持ちはお構いなしで。

気付けば、いつもそばにいた。

彼女の前では顔を上げられる自分がいた。

消えたいのは自分の方だなんて考えなくなった。

「今村さんのことは、なんでか信じることができるんだ」

そこまで言った僕は、割ったばかりの割り箸で、自分のメンマを彼女の器へとひとつずつ移動させる。

「今村さんの声は、言葉は、たくさんのひとにまっすぐ届くパワーがある」

そこで僕は、顔を上げる。

彼女は目を大きく開いていて、その瞳はなんだか膜《まく》が張られたように揺らめいていて。

——泣く?

瞬間的にそう思ったけれど、彼女はそこでもやっぱり笑顔を咲かせた。

「紘くんが信じてくれるなら、わたしも自分を信じられる気がする」

割り箸を割った彼女はそのまま両手を合わせると、音を立ててラーメンをすすった。

彼女の頭上の正方形。白飛びしているそのマークがゆらりと明度を変えた気がしたのは、器から立ち上る湯気《ゆげ》のせいだったのだろうか。

第二章

『今日も曲のリクエストをいただいています。二年生のむささびさん。〝大好きな部活の先輩たちが受験で力を出しきれるように、この曲を流してください。先輩たち、頑張ってください！　応援しています！〟。こういうのすごくいいですね、憧れるなぁ。わたしからも、先輩方にエールを送らせてください』


他の部活と異なり、放送部の主な活動時間は昼休みだ。

これまでは、帰りのホームルームが終わったらそのまま帰路につくというのが僕の日常だった。

「紘！　今日オフだから一緒に帰ろうぜ！」

春弥がリュックを背負いながら、僕のところへとやって来た。

バスケ部は大きな試合が終わったばかりで、今日は練習がないらしい。

「部活あるから無理」

「えー！　放送部は放課後なんにもなかったじゃん！」

「明日の放送の準備とかがあるんだよ」

「じゃあ俺も手伝うか〜」

「なんで春弥が……」

それでも、一度言いだしたら必ず実行するのがこの男だ。

僕の返事も待たず、今村さんの席まで走っていった春弥は、かくかくしかじかとなにやら熱弁を始めた。

そして易々《やすやす》と、今日の部活に合流する許可をもらってきたのだ。

春弥と今村さんは、本当にこういうところもそっくりだ。


誰もいない放送室の電気をつけ、リュックを棚の上に置く。

一度廊下に出て、リクエストボックスを放送室内へ持ってくる。

軽く振ると、カサカサと音が聞こえた。

「今日も、結構たくさん入ってるみたいだな」

窓の向こうの渡り廊下を、今村さんと春弥がこちらへ歩いてくるのが見えた。

日直だったふたりは、僕より一足遅れてここへやって来ることになっていたのだ。

「なんだか、嘘みたいだな」

ずっとこの放送室は、僕がひとりきりで過ごしていた空間だったのに。

いつからか、あの廊下を渡る今村さんの姿を心待ちにするようになっていたのだ。

「うぉー、初めて入った〜！」

今村さんと共に放送室へ足を踏み入れた春弥は、物珍しそうにきょろきょろしている。

「機材とか壊すなよ？」

「大丈夫だって。俺を信じてよ」

そんな僕らのやりとりに、今村さんがくすくすと笑う。

大袈裟に聞こえるかもしれないけれど、ここは僕の聖域だった。

学校というたくさんの消滅願望がうごめく世界で、ゆっくりと心を休めることのできる特別な場所。

そこに春弥と今村さんがいることが、僕にとっては不思議で、だけどなんだか心地よく感じている。

「あ、亀いるじゃん」

「かわいいでしょ。亀吉っていうの。放送部のマスコットキャラクター」

先日、ついに亀吉が暮らしていた池の撤去が決定した。

そこで柏谷先生に相談して、亀吉を放送室で世話することにしたのだ。

僕もふたりの隣に並び、亀吉の甲羅を撫でてやる。

「あの池に比べれば、狭いかもしれないけどな」

「だけど、わたしたちに会うの楽しみにしてるみたいだよ」

たしかに亀吉は、僕らがここへ来るとぐうーっと首を上へと伸ばす。それは愛らしい姿だった。

中庭で過ごしていたときには、亀吉にそういった感情を抱いたことなんてなかったのに。

こういうのも、今村さんの影響によるものなのかもしれない。

「そういえば、今日のボックスはどうだった？」

「ああ、結構来てた」

机の上に、ばらばらとリクエストボックスの中身を広げると、あっという間に机ひとつが埋まってしまう。

「おぉーすげぇ！」

春弥はおもしろそうに様子を見ている。

「曲のリクエストだけじゃなくて、メッセージもたくさん来てるんだな」

ついに先週から、リクエスト曲に加えてメッセージの募集も開始した。

みんなが投稿しやすいように、週替わりのテーマを設定した。

今週は〝生きていればいいことがある！と感じた瞬間〟だ。

もちろん、今村さんが決めた。

投稿は匿名《とくめい》でできる。ただし、ほとんどの生徒たちがおもしろがってラジオネームみたいなものをつけていた。

放送部、放課後の活動その一。

リクエストとメッセージの仕分け。

「はい、春弥くんも手伝って！　リクエストの紙はこっち、メッセージはこっちね！」

「これ、結構な量あるよなぁ。いつも紘と今村のふたりでやってんの？」

「まあ、部員ふたりだからな」

「でも結構あっという間にできちゃうし、楽しいよ！」

放送部、放課後の活動その二。

流す曲の候補を決める。

「次はリクエストを曲ごとにまとめるよ！」

「人気の曲は、たくさんリクエスト数があるから。春弥、それはこっち」

「はいよ。なるほどね、多い順から流してくわけだ」

「でもそれとは関係なく、紘くんチョイスの曲も絶対ひとつは流してるんだよ～」

「ああ、たしかに渋い曲も毎回あるもんな……」

放送部、放課後の活動その三。

紹介するメッセージの選定作業。

「メッセージの内容を全部読んで、どれを明日の放送で読むか決める」

「それって、どうやって選んでんの？」

「基本的には、わたしが話を広げやすいもので選んでるよ」

「実際にそれを読んでしゃべるのは今村さんだから」

「だけど絃くんも、これおもしろいんじゃないかとか言ってくれるから助かってる！」

「……なんかお前ら、仲良いな」

「べ、別に。部員同士だから普通だし」

「そう見える？　へへ、なんか嬉しいね」

いつも今村さんとふたりで進めている作業。

そこに春弥が入ることで、改めて客観的に、今村さんというひとが見えた気がする。

「今村、放送部楽しい？」

「うん、想像以上に！」

春弥の質問によって知ることができる今村さんの本音は、素直に嬉しかった。

普段僕は、そんなことを質問したりしないから。

「本当はね、自分がマイクの前でこんな風にしゃべるとは思ってなかったんだよ。でもいまは、放送を通して学校のみんなと繋がれてる感じがして、それがすごく楽しい」

投稿されるメッセージ。それは、もしかしたらいつも騒がしくて僕が苦手としている女子たちによるものなのかもしれないし、もしかしたら教室の隅で本を読んでいる大人しい男子によるものなのかもしれない。

ここでは自分が誰かということを明かさないまま、リクエストやメッセージを送れる。

だからだと思う。

ボックスの中には、悩み相談のようなものが混じるようになっていた。

「恋の相談とかも来てるじゃん」

春弥が手にした用紙には、かわいらしい丸い文字が並んでいる。

〝ずっと友達として仲良くしていたひとを、好きになってしまいました。相手も、まさかそんなことになっているなんて想像もしていないと思います。いまさら態度を変えるのも照れくさいし、だけどちょっと意識してほしかったりもして。友達以上になるには、どうしたらいいでしょうか？〟

「おおお、なんかすげえリアル」

春弥の言葉に、僕は苦笑いしてしまう。

男女関係なく友達が多い春弥には、こういうことも経験があるのかもしれない。

「今村、これ読んであげればいいじゃん」

春弥がそう言うも、今村さんは困ったように笑いながら首を横に振った。

いまのところ、今村さんがそういった内容を放送で読み上げることはなかった。

テーマに沿ったものや、ライトな内容のものを紹介して笑いを誘うというのが、現在の彼女のやり方だ。

最初は、相談のようなものはボックスに入っていなかった。

だけど放送で今村さんがメッセージを紹介し始めてから、ちらほらと増えるようになった。

それはつまり、今村さんの底抜けの明るさに、光を見つけたひとたちがいるということではないだろうか。

「わたし、相談に乗れるような立派な人間じゃないよ。ちゃんとしたアドバイスなんてできないし」

彼女はそう言うと、顔周りの髪の毛を耳にかける。

「みんな、今村さんの言葉を聞きたいんじゃないかな」

僕の声に、今村さんと春弥がこちらを見る。

ボックス内に入っていたのは、恋愛や進路について悩んでいるとか、部活でレギュラーになれなくて悔しいとか、高校生活の中でみんなが抱えている悩みたちだ。

専門的なアドバイスや確実な正解を求めて投稿しているというよりは、話を聞いてほしいとか、客観的な考えも聞いてみたいとか、そういう感じのものに見える。

「みんな、背中を押してほしいんじゃないかな。今村さんに」

「わたしに？」

「今村さんって、人生を目一杯楽しんでる！って感じするから。そういうひとに、一歩踏みだす勇気をもらったり、自分を肯定してもらったりしたいんだよ」

解決してあげようとか、救おうとか、そんな大層《たいそう》なことじゃなくって。

僕がネガティブなことを言ったとき、それをまるっとポジティブへと変換させる今村さん。

それで僕が、どれだけ救われたか分からない。

きっとみんな、そういうことを求めているんだと思う。

マイナス思考に引きずられそうになっている自分を、引き上げてくれる存在を。

誰もがきっと、探しているんだ。

「紘くんがそう言ってくれるなら、やってみようかな」

へへ、とちょっと恥ずかしそうに頬を染めた今村さんに、僕の表情も柔らかなものになっていく。

——のを春弥がじーっと見ているのに気付いて、僕はわざと難しい顔をして咳払いをした。

「今村って、すごいな」

「え、なにが？」

突然の春弥の言葉に、今村さんは不思議そうな顔をする。

「あれだけ他人と関わるのを避けてた紘を、こんな風に笑わせられるんだもんな」

そのときに、僕の目は捉えていた。

春弥の消滅願望が、ひとつだけ点灯したのを。

目に見えてしょぼくれている春弥の気持ちは、手に取るように分かった。

多分こいつは、なんか寂しいんだ。

どれだけ声をかけても頑《かたく》なだった僕の心を、今村さんが開いてしまったから。

僕はため息をつくと、春弥に向かって声をかける。

「春弥がいなければ、とっくに学校なんか行かなくなってたよ」

すると途端に頭上の点灯は消え、その表情はぱぁっと明るくなっていった。

「紘……、そんな風に思っててくれたのか！」

「鬱陶しいから、それ以上こっちに寄るなよ？」

「絃ーっ！」

「うわっ……」

案の定、僕に抱き着いてきた春弥。

もう本当、ゴールデンレトリバーそのものだ。

この世のひと全員が春弥や今村さんのように、表情と気持ちが一致していればいいのに――。

呆れた様子の僕と目が合った今村さんは、やっぱり楽しそうに笑っていた。

■ ■ ■ ■ ■

基本的に、僕は必要最低限の外出しかしない。

どこへ行ってもひとはいるし、俯いたまま行動できる場所なんて、よほど行き慣れている場所くらいだし。

だから、スーパーだって普段は行かない。

今日みたいに、母親が風邪で寝込んでいるときを除いては。

「スポーツドリンクとゼリーでも買って。あとはパウチのお粥《かゆ》と」

家族四人で暮らしていた頃は、こういうことは姉がすべてやってくれていた。十歳年上の姉はしっかりもので、僕にとってはもうひとりの母のような存在だった。

当時はなにも考えてはいなかったが、いまならばそのありがたみがよく分かる。

しばらく会っていないけど、元気でいるのだろうか。婚約者と共にオープンしたキャンドルショップは、軌道《きどう》に乗ったのだろうか。

気を紛《まぎ》らわせるよう、遠くにいる姉に思いを巡らせる。いまのこの瞬間から、意識をそらせるように。

日曜午後のスーパーは、僕の想像以上に混雑していた。

レジには長蛇《ちょうだ》の列ができているし、小さい子供も多くてあちこちで泣き声なども聞こえる。

そんな店内は、真っ白な照明なんか呑み込んでしまうほどの黄色い光で埋め尽くされていた。

「さっさと買って帰ろう」

商品を探すには顔を上げなければならなくて、人々の頭上のマークが嫌でも視界に入り込む。

僕はなるべく心を無にして、目当ての物だけを探していく。

母親用に、飲み物と食べやすいもの。

自分と休日出勤の父用に、夕飯になりそうな総菜をいくつか。

たったそれだけなのに、すべてを見つけるのにかなりの時間がかかる。心臓がドッドッと脈打ち、耳の奥で大きく反響する。

周りなんか気にするなと何度も自分に言い聞かせ、大丈夫だと深呼吸を繰り返す。

それでも効果は全くない。

無数の光は熱など持っていないはずなのに、じとりと僕の額に汗を浮かべさせる。

まるで、高温のサウナに閉じ込められたような息苦しさに、僕は浅い呼吸を繰り返した。

「あとは会計だけだ……」

自分を鼓舞《こぶ》して、列に並ぶ。

足元にカゴを置いて、じっとそこを睨《にら》むように見つめ続ける。

大丈夫、もう少しだ。

つうっと背中を、脂汗《あぶらあせ》が伝い落ちる。

「お次のお客様、どうぞ～」

レジが終わるころには、僕の意識はぷつりと切れてしまう寸前だった。

「はあ……」

スーパーの脇にある公園のベンチで、深呼吸を何度かしてみる。

ズキズキと頭は痛いし、心臓がバクバクと脈打っている。

久しぶりに、たくさんのひとたちの消滅願望をまともに目にしてしまった。

それは想像以上に、心と体に負荷をかけていたらしい。

「なんでこんなの見えるんだよ……」

ここ最近は、自分のこの特殊な状況を恨むことは少なくなっていた。

もちろん、顔を上げればクラスメイトや先生たちの消滅願望は見えていた。

それでも、今村さんと一緒にいれば、あまり気にならなくなっていたのだ。

「自分でも、変われてると思ったんだけどな……」

それは、大きな変化のはずだった。

空の色が青いこととか、誰かと笑い合うことだとか、そういうことを思い出せた。

昼の放送を通して、たくさんのひととの繋がりが持てた気がした。

だけどあれは全部、今村さんの前向きなパワーにつられていただけだったのかもしれない。

がくんと項垂《うなだ》れたとき、僕を取り巻く空気が柔らかく揺れた。

――どうして。

どうしてきみは、いつもこういうときに現れるのだろうか。

「紘くん、大丈夫!?」

私服姿の今村さんが、慌てた様子で僕の顔を覗き込んだ。

「ごめん、映画に行くところだったんだよな……」

「大丈夫だよ。みんなには連絡したから、心配しないで」

今村さんが今日、いつも一緒にいる友人たちと映画に行くというのは、昨日のメッセージのやりとりで聞いていたことだった。

映画館へ向かう道中、彼女は偶然この公園の前を通りかかったのだ。

「お水、少し飲める？」

「うん……、なんかごめん」

自動販売機で買ってきたペットボトルを手渡してくれる今村さんに、小さく頭を下げる。

少し楽になってきた僕は、キャップを外すと水を喉へと流し込んだ。

「ねえ絃くん」

「なに？」

「……消えたい、なんて思ってないよね？」

彼女にしては珍しく、感情を抑えたような、窺うような、そんな声だ。

そこで僕は、今村さんと中庭で最初に会ったときのことを思いだした。

彼女に声をかけられたのは、『消えたいのは僕の方だ』と呟いたとき。

もしかしたら当時の僕を、いまの僕にも重ねているのかもしれない。

どこか不安げに瞳を揺らす彼女の口元は、きゅっと強く結ばれている。

「そうだな……」

考えるように、空を仰ぐ。

今村さんを安心させるためだけに「そんなこと思っていない」と言うのは簡単だ。

だけど僕は彼女の前で、口先だけの嘘をつきたくはなかった。

「最近、僕はそういうことを思わなくなった。だけどさ」

「うん」

「みんな、本当は願ってる。多かれ少なかれ、消えたいって」

「みんな、って？」

「それはまあ、みんなだよ」

一瞬、彼女に全てを話してしまおうかと思った。

他人の消滅願望が目に見えてしまう、僕のことを。

今村さんならば、僕の話を信じてくれるだろう。

そしてきっと、一緒に悩んでくれるのだと思う。

だけど、この苦痛を今村さんにまで背負わせることはしたくなかった。

「それだけつらいことを、みんなが抱えているってこと？」

「というよりは〝消えたい〟っていう思考に行くひとが、想像以上に多いってことかな」

「想像以上に……」

確かめるようにその部分を繰り返した今村さん。

根本から前向きな彼女には、こんなに多くの人々が消滅願望を抱いているということ自体、想像しがたいのかもしれない。

実際に僕も、消滅願望が見えるようになるまではそう考えていた。

当時流行っていた曲の歌詞にあった『消えちゃいたい』とか『いなくなってしまいたい』みたいなことは、よほど人生に追い詰められたひとだけがたどり着く感情だと思い込んでいた。

消えたいと願うひとなんて、そうそういないと思っていたのだ。

だけど、そうじゃなかった。

本当にたくさんの人々が、心の中に大なり小なり『消えたい』という願望を抱えていたのだ。

「消えたいなんて、簡単に願うものじゃない」

それは多分、僕の心からの嘆《なげ》きだった。

そしてきっと、中学時代の友への本音だった。

心から心配して。どうにか彼を救いたくて。自分なりにやれることはなんでもやろうと思っていた。

だけどそれは、山田からすれば大きなお世話だった。

あのとき山田は、消えたがっていた。だけど、結局消えたりはしなかった。

いまだって隣町の高校で、楽しく過ごしていると聞いた。

あの頃の山田の消滅願望は、なんだったんだよ。

友人が消えてしまうかもしれないと危惧《きぐ》して疲弊《ひへい》した僕は、なんだったんだよ。

――山田があんなことを願いさえしなければ。

あの日以来、僕は他人と関わることを避けるようになった。

自分勝手で乱暴な考えだと、頭のどこかでは分かっている。

それでも僕は本気で、大袈裟に聞こえるかもしれないけれど本当に、ずっとこう思ってきたのだ。

見たくもない消滅願望に、僕の人生は奪われ続けているのだと。

「たしかに、絃くんの言う通りだと思う」

それまで黙っていた今村さんが、静かに口を開く。

「だけど、消えたくなる気持ちも分かるかもしれないな……。普段言っていることと矛盾しちゃうかもしれないけど」

その声は、その言葉は、知らずのうちに憤りで熱くなりかけていた僕の体に、ゆっくりと染み込んでいく。

それは決して冷たくなんかはなくて、だけど冷静さを取り戻させるだけの温度を持っていた。

「そのときは本当に苦しくてどうしようもなかったのかもしれない。外からは見えない苦しみを、誰にも言えない悲しみを、抱えていたのかもしれない」

——外からは見えない苦しみ。

——誰にも言えない悲しみ。

今村さんの言葉は、僕の心に深く刻まれていく。

それと同時に、客観的に自分の姿が見えた気がした。

まるで幽体離脱《ゆうたいりだつ》でもしたかのように。

「……僕もそうだったよな」

自分の言動を棚に上げていたことに、いまさらながら気付いた。

あの日、僕は池の前で『消えたいのは、僕の方だ』と口にしていた。

見たくもないものが見えてしまうこと。

他人の消滅願望に触れ続ける日々。

いつ終わるのかも分からない、誰にも打ち明けられない孤独。

そんな人生に僕は、心から絶望していた。

本当に真っ暗で、光なんてどこにもなくて。

だからあのとき、『消えたい』と口にしたのだ。

決して、簡単にそう願ったわけじゃない。

「今村さんは、すごいな」

「え……？」

彼女の言葉の意味を、ひとつずつかみ砕いて理解していく。

自分自身を振り返って、ひとつずつ思い返して納得していく。

今村さんの言葉ひとつで、僕の目からは鱗《うろこ》がぽろぽろと落ちていくようだった。

「周りのせいにしてたのは、僕の方だったのかもしれない」

やり場のない思いを抱え、視野を狭くしていたのは僕自身だった。

どうして他人の消えたい願望なんかが見えてしまうんだろう。そんな嘆きはいつの間にか、どうしてそんなことを考えたりするんだろう、という苛立ちに変化した。

軽い気持ちで願うなんて、と決めつけたのは、ただ怒りをぶつける対象が欲しかっただけだ。

ゆっくりと顔を上げる。

公園内には、ちらほらと数組の家族連れがいて、彼らの頭上にもやはり、いくつか点灯したマークが浮かんでいる。

消滅願望が見えなくなったわけじゃない。

だけど、笑顔で雑談している彼らにも、それぞれ抱えているなにかがきっとあって。

「ひとの悩みの重さなんて、他人がはかれるものじゃないのかもしれない」

ゆっくりと、僕の視線の先を追いかけた今村さん。

「うん。わたしもそう思うよ」

彼女のこういうところが、いつも不思議だと思う。

消滅願望のマークが見えなくなるほどの明るさを持つ今村さん。

悩むという概念がないからこそ、彼女のマークは白く輝いている。

それなのに今村さんは、他人の悩みに寄り添うことができてしまう。

僕なんかよりも、ずっとずっと大きな心で。

そんな彼女だからこそ、悩みを抱えていそうなひとを放っておくことができないのかもしれない。

「冬も、もうすぐ終わるね」

隣で今村さんが、すうっと大きく息を吸い込む。

僕もそれに倣うように、深く呼吸をしてみる。

「季節の移り変わりがあることも忘れてたな」

当たり前の日常が、ごくごく自然の移ろいが、僕の中でやっと意味を取り戻し始めている。

「今村さんが思い出させてくれた」

僕の言葉に、彼女はゆっくりと目を細めた。

寒さはずいぶんと、柔らかくなっている。

きっともうすぐ、あたたかな春がやって来るのだ。

□□■■■

『一年生のまるりんさんからのメッセージ。〝数学が苦手すぎて、テストが怖いです〟。分かります、わたしも数学苦手だから。でもね、大丈夫！　苦手ということは、伸びしろしかないってことだ！　――まあこれは、とある小説の受け売りですが』

今村さんのお悩み相談コーナーは、想像以上の人気となっていた。

特に、告白したいけど迷っているとか、友達との誤解を解きたいけど勇気が出ないなどという、一歩を踏みだしたいひとたちにとって、今村さんの超がつくほどの前向きな言葉は絶大な効果を持っていたみたいだ。

「今日もすごい数、届いてるな」

「もうすぐテストだから、勉強関連のものも多いね」

「今村さんに勉強の相談をしてくるのはナンセンスな気もするけど」

「本当そうだよね……って、それ失礼ですから！」

こんなやりとりも、お決まりみたいになった。

「今村さん、最近はあまり遊べてないんじゃないの」

「放課後ってこと？」

「そう。やること増えたし」

放送部に入る前は、毎日のようにクラスメイトたちと街へ繰りだしていた今村さんだが、最近では、部活が忙しくてそんな暇もない。

「うーん、そうだね。だけど部活は楽しいし。夕ご飯はみんなで食べることも多いんだよ」

「ふうん、そうなんだ」

「昨日もみんなで、焼肉食べ放題に行ってきたの。安いところが新しくできたから」

「へぇ……」

こういうとき、自分の近くにいるはずの今村さんを、ふと遠く感じてしまう。

彼女には彼女の世界がある。

僕が入ることのできない、キラキラした世界。

だけどそれを僕がどうこう思うのも、おかしな話だ。

気持ちを切り替え、投稿された相談を確認していく。彼女の言った通り、今日は勉強や進路関連のものが多い。

「……ねぇ紘くん」

「なに？」

「これ、ちょっと見て」

今村さんがいつになく真剣な顔つきをしていることに気付き、僕は自分の作業を止める。

それから彼女がこちらへ差しだした一枚の投稿用紙に目を走らせた。

〝明日の午後、持久走大会の練習があります。苦しくなく走るコツがあれば教えてください〟

学生らしい質問が綺麗な字で綴《つづ》られている。

しかしそれは、消しゴムで消された跡に上書きされていた。

「消えたくなる、って書いてある」

今村さんがトン、と指で指した箇所にはたしかに、そう読める文字の跡。

僕の心臓は、どくりと嫌な動きをする。

「本当に相談したかったのは、そっちなんじゃないかな。だけどわたしたちが困ると思って、当たり障りのない質問に書き換えたのかも」

それはもう、彼女にとって確信となっていたみたいだった。

「ねえ紘くん。この子と、直接話してみようよ」

猫と間違えたビニール袋のために、冬の川に飛び込んでいった今村さん。

消えたいと呟いた僕を、決して放っておかなかった今村さん。

彼女ならば、そう言うような気がしていた。

「……分かった。もし本当に、このひとが救いを求めているならば」

本音を言えば、春弥や今村さん以外とまともに関わるのは、あまり気乗りすることではない。

少しずつ他人の消滅願望への見方が変わってきたとはいっても、それを直視するのはやはり気分のいいものではないから。

それでも今村さんが言うように、自ら光を求めてボックスに用紙を入れたのならば、どうにかしたいとも思う。一瞬過去のトラウマが蘇りそうになったけれど、状況が違うと自分に言い聞かせる。

「問題は、どうやってこの子を見つけるかだよね」

今村さんは紙を見つめながら、首を捻った。

僕はひとつ呼吸をして気持ちを整えると、彼女の手元に視線を落とした。

「明日の午後に持久走大会の練習があるって書いてあるから、一年生だな」

「紘くんすごい、探偵みたい」

「いや、学年だけ分かってもな……。そこから絞り込むのが難しい」

そこで、今村さんが「そうだ！」と手を打つ。

「返事をもらうのはどう？　放送で今日の相談に答えて、その検証結果をリクエストボックスに入れてってお願いするの」

「その子がいつボックスに入れるか、分からなくないか？」

「だから、張り込みするの。階段の陰とか、そういうところから。それで誰かが用紙を入れたらすぐに、中身を確認する」

本当に返事をくれるかは分からないし、なかなかの時間と労力が要《い》りそうだ。

それでも今村さんにとっては、そんなのはなんてことない。

「この子がね、消えたいなんて思わなくて済むようにしたいんだよ」

彼女の瞳は、使命感で揺れていた。

難航するかと思われた投稿者の特定は、あっという間に実を結んだ。

というのも、今村さんの作戦通り、その子が放送に対する返事を放課後にボックスに入れに来てくれたからだ。

僕らが張り込んでから一番初めに放送室前にやって来たひとで、上履きの色で一年生だということが分かった。

そこへ今村さんが、声をかけたのだ。

「それじゃあ改めて。放送部の今村佳乃です。こっちは部長の澤口紘くん」

「えっと……、一年の藍川菜穂《あいかわなほ》です……」

放送室に招き入れられた藍川さんは、戸惑いながらも頭を下げる。

本人としては、なぜ自分がここにいるのか分からないみたいだ。

長い髪の毛をふたつに結んだ彼女の頭上は、僕の想像通りすべてのマークが黄色く点灯していた。

覚悟していたはずなのに、やはり心はざわついてしまう。

だけど彼女と向き合おうと決めていた僕は、胸のあたりを数度叩いて落ち着かせると、まっすぐに顔を上げた。

今村さんはいつも使っている席に藍川さんを座らせると、その向かい側に僕と並んで腰を下ろす。

亀吉がちゃぽんと水の中へ入る音が放送室に響いた。

「ごめんね、突然呼び止めちゃって」

そう言った今村さんは、昨日ボックスに入っていた用紙を、机の上に広げる。

ぴくりと藍川さんの表情が反応したのを、僕は見逃さなかった。

「ここ、消しゴムで消した跡が見えて。気になっちゃったんだ」

「あ……あの……」

「おせっかいかなとも思ったんだけど……。わたしたちでよければ、話を聞かせてもらえないかな」

優しく響く、今村さんの声。

藍川さんはくしゃりと顔を崩すと、ぱらぱらと涙をこぼし始めた。

「わたし、バレー部に所属しているんです……」

呼吸を整えながら、藍川さんはそう切りだす。

女子バレー部は、うちの学校で一番厳しい部活として有名だ。

高校生の頃にインターハイに出場したことのある女性教師が顧問をしていて、全国大会を目指している。

時代錯誤もいいところな超体育会系教師としても有名で、生徒たちからは疎まれている。

ちなみに、そんなバレー部は地区大会止まりというのが実情だ。

「未経験でも大丈夫ということだったので、クラスメイトに誘われて入部したんです」

しかし入部してみれば、藍川さん以外の一年生全員がバレー経験者だった。しかも、なかなかの実力者ぞろいとのこと。

その結果、試合のメンバーには一年生が名を連ね、二年生との間に大きな軋轢《あつれき》が生まれてしまった。

「わたしは本当に初心者なので、どうにか足を引っ張らないようにと思って自主練とかしてたんです……」

「そしたら、二年生の先輩からよく声をかけられるようになった……とか？」

今村さんの言葉に、藍川さんは戸惑いながらも小さく頷く。

真面目でまっすぐな藍川さんの性格は、二年生から見たらいじらしく映ったのかもしれない。

「練習のアドバイスをくれたり、気にかけてくれたり……。そしたらあるとき、同じ学年の子たちから〝どっちの味方なの？〟って言われて」

目元を時折こすりながら、ぽつりぽつりと藍川さんは話す。

「同じチームなんだから、味方も敵もないって言ったんです。そしたら、〝いい子アピールうざい〟って……」

そこからさらに、彼女らは藍川さんにきつく当たるようになったのだ。

ボールを触ればへただから邪魔と言われ、練習中はひたすらにボール拾い。先輩と会話をしていると「媚《こび》びを売ってる」と言われ、あることないこと噂を流された。

「誰かに相談は？」

今村さんの問いに、藍川さんははなをすすりながら頷く。

「顧問の先生に」

「そしたら？」

「バレーがへたなのがすべての原因だ、って……」

——は？

僕は自分の耳を疑った。

「へただからばかにされるんだ、って。全部自分のせいなんだから現実を受け止めろと言われて、走りのメニューを渡されました……」

藍川さんは再び浮かべた涙をハンドタオルで拭《ぬぐ》うと、また俯いてしまう。

今村さんは、きゅっと下唇をかんでいる。

「親には言えない？」

たまらずに僕が言うと、藍川さんは勢いよく首を横に振る。

「心配かけたくないんです」

「そうか……」

数秒、僕らの間に沈黙が流れる。

それを破ったのは、両方の拳《こぶし》を机の上で握った藍川さん。

「部活をやめたいって、一年のみんなに話したんです……」

限界だと感じた彼女は、自分の意思を部員たちに伝えた。しかし、その願いは受け入れられなかった。

「きつい練習から自分だけ逃げようなんてずるい。みんな我慢してやってるのに、そんなの許されない、って」

そのことは彼女らを通して顧問にも伝わり、藍川さんは厳しい叱責《しっせき》を受けた。

「逃げるな、戦え。バレー部から負け組を出すわけにはいかない。わたしに恥をかかせるな、って先生に言われました……」

ぽろぽろぽろっと彼女の瞳から涙がこぼれる。

頭上のマークは、五つすべて強い閃光を放っている。

こんな状態で藍川さんが『消えたい』と願ってしまうのは、仕方のないことだと僕は思った。

八方ふさがりなのだ。

続けるのもつらい。

だけどやめさせてももらえない。

親には心配をかけたくないから、なにも言えない。

限られた狭い世界の中、藍川さんはどれだけ苦しい毎日を過ごしているのか。

「苦しかったね……」

ずっと黙っていた今村さんが、藍川さんの両手を握る。

驚いたように顔を上げた藍川さんは、そこから表情をさらにくしゃくしゃにしていく。

「苦しいよね。消えちゃいたいって思うよね」

今村さんは、常に前向きだ。

だけど相手の気持ちに、こうやって寄り添うこともできる。

自分の前向きさを、決して押し付けたりはしない。

「菜穂ちゃんは、バレー部に未練はあるの？」

「……ありません。バレーにも、あそこにいるひとたちにも」

泣きじゃくりながらも、首を横に振る藍川さん。そんな彼女の言葉は、まっすぐだった。

迷いはなくて、藍川さんの本心なんだと僕にも分かる。

「やめちゃえばいいんだよ」

気付けば僕は、そう言っていた。

「そんなひとたちのせいで、消えたいと思う必要なんてない。やめることは、悪いことでもなんでもない」

自分でも驚くくらい、熱く語っていた僕は、なんとなく気恥ずかしくなって「……と思う」と付け加えた。

「わたしも、紘くんと同じ意見」

そこへ今村さんの、柔らかな声が響く。

「一緒に考えていこうよ。いまいる場所から抜けだす方法を」

藍川さんは俯いたまま、何度も何度も頷いていた。

『菜穂ちゃん、本当に苦しそうだったね』

その日の夜、今村さんが珍しく僕に着信を入れた。

普段メッセージのやりとりはするものの、直接通話をすることはほとんどない。

だけど今日は、藍川さんの話が気になったのだろう。

『わたしたちがバレー部の先生に話してみる？』

「藍川さんがやめたがっているので退部させてあげてください、って？」

『……微妙だよね』

「許されるなら僕もそうしたい気持ちはあるけど、根本的な解決にはならないと思う」

やめることは悪いことじゃないし、それを逃げだと先生が言うのならば、逃げてしまえばいいと本気で思う。

だけど中途半端に僕たちが出ていくのは、きっと違う。状況がさらに複雑になりかねないし、藍川さん自身が突き破らなければならないもののような気もした。

『わたしたちには、なにができるんだろう』

今村さんのこういうところが、すごくいいと思う。

僕ならば、自分たちにできることなんてなにもないと思ってしまう。

だけど彼女の中には、〝なにもない〟という概念がないのだ。

『――とりあえず』

スピーカーの向こう、今村さんが顔を上げたのが分かった。

『楽しいことをしよう！　菜穂ちゃんと一緒に！』

翌日から、僕たちは藍川さんと共に過ごすようになった。とは言っても学年が違うので、昼休みや部活後くらいのものだ。

柏谷先生の許可をもらい、藍川さんは昼休みを放送室で過ごすようになった。

放課後の部活を終えると、体育館まで藍川さんを迎えにいく。

そうして三人で、おいしいものを食べたり、懐かしの駄菓子屋さんへ行ってみたり、カラオケで思いきり歌ったりして過ごした。

「菜穂ちゃん、帰ろう！」

今日も体育館の入り口で、練習を終えた藍川さんに大きく手を振る今村さん。

毎日のように藍川さんを迎えに来る僕らを、一年生のバレー部員たちはなんとも言えない表情で見ている。

もともと明るくて華やかな今村さんは、クラスだけでなく学年でも目立つ存在だった。

それがお昼の放送を始めてからは、校内のちょっとした有名人となっている。

そんな今村さんが毎日のように藍川さんを迎えに来ることに、彼女たちは納得がいっていないみたいだ。

「すみません、急いで着替えてきますね」

こちらに向かってそう言った藍川さんが、更衣室へと姿を消す。

それを見計らったように、バレー部の一年生たちが目配せをしながら僕たちの方へとやって来た。

「あの……、今村先輩ですよね？」

そのうちのひとりが、探るような目を向ける。

ちらりと僕にも視線をやったけれど、あくまでも話したい相手は今村さんみたいだ。

「わたしのこと、知ってくれてるの？」

今村さんは、明るい笑顔を彼女たちに向ける。

「あの、菜穂と最近よく一緒にいるみたいですけど……気を付けた方がいいですよ」

うんうんと、他の部員たちがそれに頷く。

彼女らの頭上のマークも、やはりひとつから三つほど点灯していて、だけどそれ以上に示し合わせたような同じ顔つきが気味悪く感じ、僕は思わず顔を背けた。

「あの子、先輩とか先生に媚びて、利用しようとするところがあって」

「そうなんです。今村先輩も気を付けた方がいいと思います」

「わたしたち、今村先輩の放送が大好きなんです。だから、そんな今村先輩を利用している菜穂が許せないっていうか」

口々に出てくる、ただ藍川さんを貶《おとし》めたいだけの言葉たち。

みぞおちの奥でぐるぐると、嫌悪感と怒りが混ざっていく。

「わたしたちみんな、今村先輩が心配なんです！」

いかにも正義の味方です！みたいな顔を彼女たちがしたとき、藍川さんがやって来た。

そして他の部員たちが僕らの前にいるのを見て、ぴしりと表情を固まらせる。

きっといま、なにが起きているか藍川さんはすぐに分かったのだ。

こんな出来事も、一度や二度ではなかったのかもしれない。

「それは、いらない心配かな」

明るい、だけどきっぱりとした声が、体育館に軽やかに響く。

笑顔のまま、今村さんは彼女たちを見つめた。

「わたしは自分で見たもの、聞いたもの、信じたいひとを信じることにしてるから」

部員たちの後ろに立つ藍川さんの瞳に、涙がぶわりと浮かんでいく。

「みんなはどうかな。信じたいものを、信じられてる？」

高圧的ではなく、攻撃的でもなく、だけどまっすぐに、今村さんは言葉を放つ。

その瞬間、部員たちの表情が歪《ゆが》むのが分かった。

あからさまに嫌悪を出すひと、驚きを隠せないひと、気まずそうに目をそらすひと、
自分を恥じるように唇をかむひと。

僕の中の湧き上がっていた怒りは、いつの間にか静かに落ち着いていた。

むしろ、俯瞰《ふかん》するような冷静な気持ちの方が大きくなっていったのだ。

僕たちは体育館に足を踏み入れると、まっすぐに藍川さんの元へと向かう。

「行こうか、藍川さん」

そう声をかける僕と、彼女の手を取る今村さん。僕ら三人はそのまま、棒立ちする
一年生たちの横を通り過ぎる。

藍川さんは、顔をぐしゃぐしゃにして泣いている。

「――でも！」

一年生のうちのひとりが口を開き、僕はぴたりと足を止めた。

それから静かに振り返る。なにか言いかけていた一年生は、そんな僕を見てぐっと言葉を詰まらせる。

「集まって同じ方向を向いて、周りに自分の意見を合わせて。分かるよ、誰だって不安なんだ」

立ち尽くす彼女たちの頭上に光る、いくつものマークたち。

きっと彼女たちもそれぞれに、悩みや苦しみを抱えている。

そんな自分の不安をかき消そうと、群れて、同調して、自分を守るのに必死になって。

それできっと、見えなくなってしまうんだ。

他人の痛みとか、苦しみとか、自分のことは棚に上げて。

「だけどさ。そんなことしていたら、本当になにも信じられなくなる」

誰のことも信じられないし、誰からも信じてもらえない。

今村さんと出会う前の僕が、そうであったように。

「ちょっと、なにしてるの？」

そこへやって来たのは、バレー部の顧問。

顧問は体育館内をぐるりと見回すと、状況を把握したのか表情を険しくさせる。

「藍川、あんたまた問題起こしてるわけ？　赤の他人まで巻き込んで。そんな暇あるなら走り込みしなさいよ。そうやってへたなくせにチームの輪を乱して」

赤の他人、というのは、今村さんと僕のことだ。

じろりとこちらを見ると「放送部ね」とため息をつく。

そんな空気の変化に、瞬時に一年生数人が声を上げた。

「先生、菜穂ってば本当に自分勝手なんです！」

「先輩たちにわたしたちの悪口言って、チームワークを乱しているのも菜穂です！」

心臓の奥が、ヒリヒリと焼け焦げていく。

どうしてこんなにも、どこまでも、特定の誰かを悪者にしないと気が済まないのだろう。

「藍川。あんた、ひとを見る目も養った方がいいんじゃないの？」

顧問は顎を上げ、藍川さんをじろりと見る。それから僕らを一瞥《いちべつ》すると、大袈裟にため息をついた。

「あんたが信じなきゃいけないのは、同じチームの仲間たちでしょうよ。みんなあんたのためを思って、色々言ってくれてるって分からない？」

──仲間？

藍川さんのことを妬み、嫌《ねた》がらせをして、苦しめている張本人たちが？

「そこにいる部外者ふたりは、冷やかしでここにいるだけ。あんたの味方なんかじゃない。どうせネタ探しでしょうよ」

その言葉は、落胆と悲しみすら抱いていた僕の気持ちを、一気に沸点まで上昇させる。

怒りが頂点に達すると言葉がうまく出てこないということを、僕はこのときに初めて知った。

「明日の放送で、バレー部のことおもしろおかしく話すんじゃないの？　そんなことになったら、藍川、全部あんたの責任だからね」

続けられる、信じがたい言葉たち。

こうやって目の当たりにして、嫌というほどに痛感させられる。

藍川さんがどれほどに、残酷な中で過ごしてきたのか。

こんな信じられないような状況が、学校という狭い場所の中にたしかにあるという事実を。

「そんなこと──」

今村さんが思わず口を開き、僕が一歩前へ踏みだそうとしたときだった。

「先生！」

藍川さんの叫ぶような声が体育館に響いた。

シン、と静かな空気がその場に張り詰める。

この瞬間、きっと誰もが息を止めてしまったと思う。

藍川さんは一歩前に進むと、ぐっと背筋を伸ばした。

「バレー部を、やめたいです……！」

覚悟を決めた、藍川さんの言葉。それでも拳を握った両手は小さく震えている。

はらわたが煮えくり返る。怒りのメーターは振りきれてしまいそう。

それでも今村さんと僕は、それをぎゅっと握りつぶす。

藍川さんが、踏みだそうとしている。

この状況を、打破しようとしている。

――頑張れ。

心の中で、思わず叫ぶ。

視界の端では、今村さんが同じように「頑張れ」と小さく口を動かした。

「藍川、またその話？　やめるって簡単に言うけどねえ、そんな世の中うまくいくことばっかじゃないって話したでしょ？　それじゃ今後あんたの人生、負け人生になるわよ」

顧問はおもむろに大きなため息をつき、それを合図にしたかのように後ろにいた一年生の部員たちが「やめるって、うちらの許可もなしにねえ」などとざわつき始めた。

「他人のために、自分を擦《す》り減らす必要はないよ」

一瞬怯んだ藍川さんに僕は声をかけた。

シン、とその場が静まり返る。誰かが持っていたボールが床に落ちて、ドン……、という音が響き渡った。

頭上のマークをいくつも点灯させている部員たち。

険しい表情のままのバレー部顧問。その頭上にも、黄色く光るマークがある。

以前の僕ならば、こんな状況に居合わせたら、関わりたくない一心でこの場をあとにしていただろう。

だけど不思議と、いまの僕の頭は冴《さ》えわたっていた。

「藍川さんの人生だ。藍川さんが決めていいはずだよ」

僕の言葉に、弾かれたように顔を上げた藍川さん。

その瞳からは、大粒の涙が溢れている。

そんな不安がらなくて大丈夫。

誰の許可も必要ないよ。

人生の勝ち負けなんて、他人が決めるものじゃないと思うんだ。

「菜穂ちゃんしか、決められないんだよ」

僕の言葉の続きを、今村さんがそっと声に乗せていく。

それはまっすぐに、きちんと藍川さんへと飛んでいく。

我に返った顧問が「あのねえ！」と僕にかみつこうとしても。

それにつられるよう、部員たちが大騒ぎを始めても。

藍川さんは瞬きもせず、僕たちのことを見つめていた。

「……わたし」

彼女の頭上のマークは、ほんの少し色合いを弱める。

そこで彼女は、すうっと大きく息を吸い込んだ。

「バレー部を、やめます」

凛《りん》と響く、藍川さんの大きな声。

それは彼女が自分の手で、狭くて苦しい檻《おり》を突き破った瞬間だった。

□■■■■

それから数日が経った、ある放課後。

「かんぱーい」

コップの中に入った小さな氷が、からんころんと軽やかな音を鳴らす。

恒例ともなりつつある、学校帰りに寄る中華料理屋さん。

今村さんと僕は、水が入った小さなコップをどちらからともなく合わせた。

「菜穂ちゃん、一歩踏みだせてよかったね」

あのあと、藍川さんは正式にバレー部を退部することになった。

そしてそれをきっかけに、他にも数人、バレー部から離れたようだ。

バレー部顧問のやり方は、前々から保護者から疑問視する声も出ていたらしく、職員会議が開かれたという噂も聞いた。

もしかしたらあの場所に息苦しさを感じていたのは、藍川さんだけではなかったのかもしれない。

「藍川さんの勇気は、他の誰かを救ったのかもしれないよな」

僕の言葉に、今村さんは穏やかな表情のまま窓の外を見つめた。

「すごいね。消えたいと願っていた菜穂ちゃんが、自分だけじゃなくて誰かの背中も押すことができたなんて」

「すごいのは今村さんもだ」

本心を言ったつもりだったけれど、今村さんは眉を下げて笑うだけ。もっと前向きなリアクションがあるとばかり思っていた僕は、その表情に胸の奥が小さくざわめくのを感じる。

だけどそれも一瞬のことだった。

今村さんはすぐにいつもの笑顔に戻ると、もう一口、水を飲んだ。

「でも一番かっこよかったのは、紘くんだったよね」

「なんだよ、突然……」

かっこよかった、だなんて、もう何年も言われていない言葉だ。

想像もしていなかった状況に、分かりやすく動揺してしまう。

それでも今村さんはからかうような素振りは見せず、穏やかな表情のままだ。

「菜穂ちゃんがあのとき自分で選択できたのは、紘くんの言葉があったからだよ」

まっすぐに向けられる言葉は、照れくさく、だけど心地よく僕の心に響く。

「紘くんはさ、一緒にいるひとの人生を大きく変える力を持っているのかもしれないね」

「それはさすがに、言いすぎだと思うけど」

今村さんは褒《ほ》めるのがうまい。その言葉をすべて鵜《う》呑みにしているわけではないけれど、気恥ずかしさはありつつも、やっぱり嬉しいと思ってしまうのも事実だった。

「紘くんなら、わたしの人生も——」

「ラーメンふたつお待ちどおさま！　いつもありがとね」

僕らの顔を覚えてくれたおばちゃんが、とびきりの笑顔で器をふたつテーブルに置く。

今村さんがなにかを言いかけたように思ったけれど、目の前の彼女はすでにラーメンに心を奪われているようだ。

「絃くん食べよう！　伸びちゃう前に」

「……そうだな」

こうしてふたりでラーメンを食べることが、日常になるなんて。

今村さんと関わる前の僕に言っても、絶対に信じてはくれないだろう。

「そういえば絃くん、今度の土曜日って空いてる？」

慣れた手付きで割り箸を割った今村さんは、ラーメンを箸ですくったまま尋ねる。

「特になにもないけど」

ずずずっと、軽快な音が聞こえてくる。今村さんはもうすっかり、ラーメンの食べ方をマスターした。れんげの上に一口分をのせるという、上品さまでプラスして。

「行きたいところあるんだけど、ついてきてくれない？」

「いいけど、どこ？」

部活の買い出しかなにかだろう。

そう思った僕は、深く考えもせずに二つ返事をしてしまったのだ。

だってまさか、予想の斜め上をいく提案をされるだなんて、思ってもみなかったから。

「バンジージャンプしよう!」

顔を上げた今村さんは、にいっと口を横に引いて笑う。

バンジージャンプすら、彼女にとってはエンターテインメント以外のなにものでもないみたいだ。

彼女の頭上はやっぱり今日も、白飛びするほどにからっぽなのだから。

満月が照らすもの

高いところから飛び降りてみるとか、必要以上のスリルを求めるとか、そういうことは無縁な生き方をしてきた。

というよりは、そんな気持ちを揺さぶられるような経験をしたいなんて思ったことがなかった、という方が正しい。

「一度やってみたかったんだよね」

僕とは正反対に、ずっとそんな経験をしてみたいと願ってきたらしい今村さん。

大きなリュックサックを背負った彼女は、電車の中で子供のようにそわそわしている。

「とりあえず、座っていこうか。長旅だし」

「そうだね、体力も温存しとかないと」

週末の午前六時。電車の中は、ひともまばらだ。

今日の目的地は、地上百メートルの高さに架かる、大きな橋だ。

その橋の中央から飛び降りることができる、バンジージャンプを売りにしている。

特にバンジージャンプに興味のない僕でも、ラジオでその地名は聞いたことがあった。

「電車で二時間、バスで一時間だっけ?」

「そうそう。結構かかるよね」

ドア脇の三人掛けの座席。足元にリュックを置いた僕らは、適度な距離を保ったままそこへ腰を下ろした。

「荷物大きすぎるんじゃないの。なにが入ってるわけ？」

「着替えとタオル、それからお菓子も入ってる。紘くんの分もあるよ」

「遠足みたいだ」

「そう言われるとそうだね。昨日はわくわくして眠れなかったし」

今村さんは楽しそうに笑う。

こうやって見ていると、今村さんが今日という日を心待ちにしていたのが分かる。

――僕とは対照的に。

「紘くんは？　もしかして緊張してる？」

「いや別に、全然」

本当は、僕だって彼女と同じように昨夜はよく眠れなかった。

わくわくして、というわけではない。

どくんどくんとして、という方が正しいかもしれない。

高所恐怖症というわけではないけれど、高いところから飛び降りるというのはこれまでにしたことのない経験だ。

想像してみても脳が考えるのを拒否するのか、どうにもイメージが湧かない。

ただ漠然とした、みぞおちの奥あたりがヒュッとするような恐怖心が込み上げてくるだけだった。

それでも僕は、精一杯に平静を装っている。

だってやっぱり、どこかかっこつかない感じがするじゃないか。

今村さんには情けないところを何度も見られているわけだから、いまさらって感じかもしれないけれど。

だからこそ少しくらい、いいところだって見せたい。

本人はそんなこと、気にもしていないのかもしれないけど。

「今日はありがとう。こんなこと、付き合ってくれて」

今村さんはそう言うと、左手首にしている黒とピンクのスポーツウォッチをそっとなぞる。

「色々やってみたいことがあるんだけど、いつも一緒にいる友達にはなんとなく言いだせなくて」

今村さんの周りには、常にたくさんのひとたちがいる。

輪の中心にいる今村さんはいつだって華やかで、太陽みたいで。

「なんか意外だな、今村さんでも言いにくいことなんてあるんだ」

僕の言葉に彼女は「もちろんあるよ」と大袈裟に肩をすくめた。

たしかに今村さんの友人たちは、バンジージャンプなどよりも、華やかなことがらに興味がありそうだ。

もしかすると彼女には、周りに合わせて過ごしているという一面もあるのかもしれない。

「でもね。不思議なんだけど、絃くんには言ってみてもいいのかなと思ったんだ」

突拍子がないことでも、やってみたいと言っていい。

実際それを、行動に移してみたっていい。

そんな今村さんの言葉に、口の端が緩みそうになるのを堪えるために咳払いをした。

「それで。他にはどんなことをしてみたい？」

にやついたりしないように。

平静を装いながらした僕の質問に、今村さんはうたうようにすらすらと答えた。

「日本一怖いって言われているジェットコースターに乗りたい。座禅《ざぜん》や滝行《たきぎょう》もやってみたい。夜の学校に忍び込んでみたいし、バイクに乗って窓ガラスを割ったりもしてみたい」

「最後のは絶対にやっちゃだめなやつだ」

僕の指摘に、今村さんは「あはは」と軽やかに笑う。

どこまでが本気でどこまでが冗談なのか。

今村さんの様子からは、それが分からない。

だけどそれを含めて、目の前にいる今村さんはなににも縛《しば》られていないような気がした。

「付き合うよ。最後の以外は」

だからつい、バンジージャンプへ恐怖心を抱いていることを棚に上げて、こんなことを言ってしまったのだ。

「絃くんなら、そう言ってくれる気がしたんだ」

表情を柔らかくした今村さんが眩しくて、僕は一瞬目を細める。

今日もやっぱり、彼女の頭上は白飛びするほどにからっぽだった。

□□□■■

「で、どうだった？　昨日のデートは」

日曜の午後、部活を終えた春弥はまっすぐに僕の家へとやって来た。

気持ち悪いくらいのにやにやとした顔で、こちらへと詰め寄ってくる。

「だから、そういうのじゃないって」

その顔を思いきり、手のひらで押し返す。

昨日の一件を僕の口から聞くためだけに、こうして訪ねてきた春弥。

まったく、本当に暇なやつだ。

「今村とふたりで出かけたのって、紘くらいだと思うけど。俺、いままでそういう話、聞いたことなかったし」

「なんでだよ。今村さんには友達だってたくさんいるだろ？」

「たしかにそうだけど、ふたりだけっていうのは初めてだと思う。前に遊びに誘ったうちの部のやつも、あっさり断られたって言ってたし」

「……別に、深い意味はないだろ」

口ではそう言いつつも、若干浮ついてしまいそうな気持ちをぐっと抑える。

「で、昨日はどこ行ったわけ？　おしゃれなカフェとか買い物とか？」

「バンジージャンプ」

好き勝手言いながら花を飛ばしている春弥は、僕の言葉がよく聞こえなかったらしい。

いや、厳密には聞こえていたけれど、理解できなかった、が正しい。

「は?」

「だから、バンジージャンプしに行ったんだよ。今村さんと、昨日」

「バンジーって、あの高いところから飛ぶバンジー?」

「そう、そのバンジー」

そう言いながら僕は、昨日の悪夢——もとい、出来事を思い返していた。

高さ百メートルなんて、想像したことがあるだろうか?

渓谷に架かる、長い長い吊り橋。下にはごつごつとした岩肌と勢いよく流れる大きな川。

そんな橋の中央から、たった一本のロープだけで飛び降りる。

それこそが、昨日僕らが体験したバンジージャンプだ。

——実際のところ、体験したのは今村さんだけだったのだけど。

「うわー……それはまたハードな……」

同情したような春弥の言葉に、僕はがくりと肩を落とす。

「いや、ほんと意味が分からない。とんでもなく高くってさ、落ちたら確実に死ぬような高さでさ? そんな場所から飛んでみようなんて、誰が最初に言いだしたんだろう」

思い出すだけでもぞわりとする。

「で、どうだった？　心臓縮んだ？」

「……飛べなかった」

「だよなあ……。ちなみに今村は？　飛んだ？」

「……飛んだ」

　何度も何度もカウントダウンをされ、いくつもいくつも覚悟を決めた。

　それなのに、僕は踏みだすことがどうしてもできなかったのだ。

　それに比べ、今村さんの潔さといったら。

　橋の縁《ふち》に立ったときに武者震《むしゃぶる》いしたのは見えたけれど、その表情はどこか期待に満ちていた。

　一組後ろにいた男のひとたちが「バンジー飛ぶと人生観が変わるらしい」と話していたけど、あのときの今村さんは、まさにそんな感じだった。

　係のひとの「三、二、一、ゴー！」というかけ声と共に、彼女は鉄柱を蹴った。そして軽やかに、自然の中へと飛んでいったのだ。

　その姿は、自由を手に入れた鳥のように見えた。

「すごいな今村。やっぱ只者じゃないわ」

　僕の話を聞いた春弥は、唸《うな》りながら腕を組む。

　そんな春弥の言葉に、僕も素直に顎を引く。

本当のことを言えば、今村さんも大きな恐怖を抱えていたはずだ。

それが分かったのは、彼女が橋の上へと引き戻されたとき。

今村さんの顔面は蒼白《そうはく》で、体は小刻みに震えていたから。

だけどそんな状態でも彼女は、僕の顔を見ると笑顔を作って「生きててよかった」とピースサインを見せたのだった。

そのことは、なんとなく春弥には言わなかった。

彼女が本当はどう感じていたかとか。飛んだことによって人生観が変わったかどうかとか。

そんなこと、僕には分からなかったから。

「しかし、高所恐怖症にとっては究極の選択だよなあ。好きな子の前ではかっこよくいたいから飛びたいけど、無理なもんはやっぱ無理だしなぁ」

「好きな子って、なんの話だよ」

春弥の言葉に、僕は眉を寄せる。

すると今度は、春弥がおもむろに眉間《みけん》にしわを寄せた。

「今村だよ」

「……は？」

「紘、今村のこと好きなんだろ？」

春弥の言葉の意味が脳までたどり着いたとき、突然心臓が大きく騒ぎ始めた。

ドッドッドッ、という音が耳の奥まで響くくらい。

好き？　僕が今村さんを？

いやいやいやいや。

「今村さんは性格もいいし明るいけど、別にそういうんじゃない」

「でも絃、俺以外では今村としか話さないじゃん」

「それは――」

彼女は消滅願望が一切ないからだ、とは口が裂けても言えない。

「……今村さんが桁外《けたはず》れに前向きだから、一緒にいて楽なだけ」

春弥はふぅんと少しだけ口を尖《とが》らせてから、どさりと僕のベッドへと背中を預ける。

「絃さ、中学の途中から色々あったじゃん？」

春弥の言葉に、今度は違う意味で胸元がざわつく。

春弥がこうして、僕の変化についてなにかを言ってくることはこれまでになかったからだ。

「学校で誰とも話さなくなってさ。家でだって、姉ちゃんが出ていってから、親ともまともに話してないだろ？」

反抗期という言葉で済ませた両親と違い、姉だけは様子が変わった僕になにかと声をかけ続けた。当時はうざったいだけだったけれど、あれは僕を心配してくれていたのだろう。

「もうずっと、お前、全然笑わなくなってさ。誰とも関わらなくなって。暗くて感じ悪いやつって周りが紘のことを言うのが、すげー悔しくてさ」

そう言いながら、春弥の頭上では黄色いマークがひとつだけ点灯した。そのときのことを思いだしたのだろう。

「紘の良さを知ってるのが俺だけなんて、もったいないじゃん？」

照れ隠しのようにおどけた春弥は、そう言いながら右側の耳たぶを触る。

つられるように僕も、自分の左側の耳たぶを触ってしまった。

ずっと春弥が僕のことを気にかけてくれているのは分かっていた。

仲の良かったみんなが離れていっても、クラスで孤立していっても、春弥だけは変わらずに僕のそばにい続けた。

だけどまさか、そんな風に思ってくれていたとは想像もしていなかった。

ただ、昔馴染みを放っておけないだけだと、そう自分に言い聞かせてきた。

期待をして、裏切られたと感じるのが怖かったから、そうやって春弥の気持ちに保険をかけてきたのだ。

そんなことをする必要なんて、最初からなかったのに。

「……ありがとな、春弥」

突然の僕の礼に、春弥は「なにがだよー」と照れくさそうに笑う。

それからひとつ咳払いをすると「でもさ」と再び話題を戻した。

「最近の紘、ずいぶん笑うようになった。自分でも気付いてんじゃないの？　今村と一緒に過ごすようになってからだ、って」

そこまで口にした春弥は、僕が持ち帰ってきたバンジージャンプのパンフレットを手に取った。

なにか言い返そうと思ったものの、うまく言葉が出てこない。だから僕は、ため息ともなんともいえない息を吐きだして、天井のライトをじっと見つめた。

たしかに春弥の言うことは正しいと思う。

今村さんと過ごすまで、僕はずっと下だけを向いて生きてきた。

話す相手なんて、まともに顔を見ることができる相手なんて、春弥と柏谷先生だけだった。

そんな僕が、いまでは顔を上げて過ごすことができるようになった。

今村さん相手にだけではない。

藍川さんやバレー部の部員たちに、クラスメイト。彼らの顔を少しずつだが、見ることができるようになったのだ。

心がざわめかないわけじゃない。

だけど以前ほど、消滅願望に対して偏《かたよ》った見方をしなくなったのも事実だ。

「そのあたり、絃は疎《うと》いからさ。お前のペースで気持ちを確かめていけばいいとは思うけど」

春弥はぶしつけなようで、こういう繊細さも持ち合わせている。

踏み込んでくるようで、微妙なラインで立ち止まってくれる。それ以上は土足で入ってきたりしない。

春弥のこういうところに、僕はきっと、何度も何度も救われている。

「……すごいと思ってる」

僕の小さな呟きに、春弥が顔を上げる。

「今村？　たしかにすごいよな」

「いや……」

こんなの気恥ずかしいし、なんだかいまさらって感じもするけど。

思ったときに言葉にしなければならないことも、きっとある。

「今村さんもすごいんだけど。僕から見れば、春弥もすごい」

いままでの僕ならば、こんなことを口にすることもなかっただろう。

これも、今村さんが僕にかけた魔法みたいなものなのかもしれない。

ちらりと横を見れば、さっきまでひとつ灯っていた春弥の頭上のマークがからっぽになっている。

その表情には、「う　れ　し　い　！」という文字がありありと浮かんでいるようで。

僕は思わず笑ってしまったんだ。

■　■　■　■

「紘くんおはよう！」

「おはよう今村さん」

朝の教室。本から顔を上げると、今村さんがいつも通りの笑顔で立っていた。

今日は髪の毛をおろしていて、少しだけ普段とイメージが違う。

「飛んでからの日常生活はどう？　それも、心境の変化？」

あの高いところから飛ぶ前と後とでは、この日常も違って見えるのだろうか。

僕が肩の上あたりを指さすと、今村さんは自分のそのあたりに目をやってから「ああ」と恥ずかしそうに笑った。

「今日はちょっと寝坊しちゃって。髪の毛を結ぶ時間がなかっただけなんだ」

髪型の変化は、バンジーによるものではなかったみたいだ。

それから彼女はまじまじと教室内を見回して、ゆっくり僕へと視線を戻す。

「バンジーすると人生が変わるってよく言うけど、思っていたほどの変化はないみたい」

少しだけ残念そうに、肩をすくめる今村さん。

「人生を変える経験なんて、そうそうあるものじゃないもんな」

「そうだよね。やっぱりそういうのも、相性とかあると思うし」

――相性？

「バンジーはわたしの人生観を変えてはくれなかったけど、他のことなら変えてくれる可能性もあるよね」

――他のこと？

頭の中に、先日今村さんが挙げていた〝やってみたいこと〟がいくつか浮かぶ。

バンジージャンプという大きなイベントを終えたばかりだというのに、まさかもう次のプランが彼女の頭の中にはあるのだろうか。

「今度は精神面からチャレンジしてみようと思って」

そう言った彼女は、スマホの画面をずいっとこちらへと向けた。

そこに表示されていたのは、筆で書かれたような楷書体《かいしょ》の文字。

「……修行体験？」

「そう。お寺に一泊して、自分の内面と向き合うの。煩悩《ぼんのう》や雑念がそぎ落とされて、人生観が変わるかもしれないでしょ」

ホームページには、緑豊かな山の中にたたずむ立派なお寺が紹介されている。

写真からも感じられる、厳《おごそ》かな雰囲気。

たしかにここで時を過ごせば、新しいなにかに気付くことができそうな気がしてくる。

人生観を変えるなんて、大それたことではなかったとしても。

「もうすぐ春休みだから、ちょうどいいタイミングかなと思って」

「たしかに」

「紘くん、いつなら空いてる？」

「……え？」

「バイクに乗って窓ガラス割ること以外は、付き合ってくれるんだよね？」

——言った。たしかに、言った。

「でも、泊まりがけってのは……」

「大丈夫だよ紘くん。お寺だから」

なにが〝大丈夫〟なのかよく分からない。

分からないんだけど、今村さんの〝大丈夫〟には謎の説得力があって。

バンジージャンプのときと同じように、僕はついつい流されるように承諾してしまったのだ。

多分それは、躊躇の先にある好奇心が勝ってしまったから。

今村さんと過ごす時間が楽しいということを、僕は知ってしまっていたから。

だからつい、見逃してしまっていたのだと思う。

明るくて悩みとは無縁でいそうな彼女が、なぜそれほどに人生観を変えたいと願っていたのか。

その根底にある彼女の想いを、浮かれていた僕は気付いてあげることができなかったのだ。

□■■■■

季節の移り変わりは、知らずのうちに通り過ぎていることが多い。

この間まであんなに寒かったのに、いつの間にか桜の蕾《つぼみ》はまるく膨らみ始めていた。

ある春休みの朝、僕らは再び大きなリュックを足元に置き、電車に揺られていた。

ただし今回は、向かい合う形のボックス席だ。

「座禅でしょ、写経《しゃきょう》でしょ、それから滝行もできるみたいね」

今日も今村さんは、期待に胸を膨らませている。

「わたし、滝行はちょっと……。まだ寒いですし」

「俺も。濡れたら髪の毛ぺしゃんこになるし」

その向かいで表情を曇らせているのが、藍川さんと春弥だ。

いくらお寺で修行をするためとはいっても、一泊は一泊だ。

ふたりきりというのはちょっと、と感じた僕は、春弥と藍川さんを誘うことを提案したのだ。

「菜穂ちゃん、分かってるね～」

「春弥先輩は、理由がチャラいですね」

このふたりは、これまでも放送室で数度顔を合わせているけれど、まともに会話をするのは今日が初めてのはずだ。

しかしそこには気まずさなんかはなく、ごくごく自然な空気が流れていた。

なによりも、下級生に人気のある春弥に対し、全くと言っていいほど動じない藍川さんが清々しくて、僕にとって安心できる顔ぶれとなった。

僕の隣に座る今村さんは、リュックの中からパックのジュースを四つ取りだすと、ひとりひとりに手渡した。

「まずはみんなで乾杯しようよ。旅の門出に」

「修行の門出、だけどな」

「細かいことはいいってことで！　はい、部長から一言！」

今朝、待ち合わせ場所に現れた藍川さんは、開口一番で放送部への入部希望を口にした。

バレー部をやめてから時間が経ち、気持ちも落ち着いてきたところでの決断だったらしい。

もちろん、僕と今村さんは大歓迎。柏谷先生だって、喜んでくれるだろう。

「それじゃあ改めて。藍川さん、放送部へようこそ」

照れくささもありつつそう言うと、三人が「かんぱーい！」とパックを合わせる。とても自然で、だけど僕にとっては想像もしていなかった場面に違いなくて、なんだか不思議な気持ちだった。

「なんか、放送部の合宿みたいだな。もう俺も部員でよくない？」

「春弥先輩はバスケ部ですよね？　うちの学校兼部禁止ですよ」

「手厳しいなあ菜穂ちゃんは」

そんなやりとりに、座席には笑いが起こる。

「それにしても、どうしてお寺修行なんですか？　佳乃先輩の希望って聞きましたけど……」

「受験勉強で身動きが取れなくなる前に、雑念を払っておきたいなと思ったの。文化祭が終わったら、勉強ばかりになるだろうし」

今村さんの言葉に、僕と春弥は数度頷く。

うちの高校では、文化祭は五月に行われ、それ以降、三年生は受験に向けてのスケジュールにシフトしていく。

ほとんどの部活動が夏の大会を最後に引退していくが、放送部は秋に引退するのが毎年の恒例となっていた。

僕以外の三人が雑談する中、そっと窓の向こうへと視線を向ける。

車窓の中ではたくさんの緑が前から後ろへと流れていく。春が近付いた空は、穏やかな淡い青色。薄く開けた窓の隙間から入り込んだ春の気配が、僕の鼻孔《びこう》をそっとくすぐる。

電車でほんの一時間ちょっと。山の中にひっそりとたたずむお寺では、定期的に一般のひと向けにこういった体験イベントを行っているらしい。

中学も高校も、修学旅行は仮病で休んだ。そんな僕が、こうして気心の知れたひとたちと泊まりがけで出かける日が来るなんて。

「紘くん、お菓子食べる？」

僕の肩をつついて、チョコレートの包みをこちらに差しだす今村さん。

「ああ、もらう。ありがとう」

両端が捻られた包みを開けて口の中へと放り込めば、甘さがとろりと広がっていく。

チョコをくれて、ありがとう。

いつも前向きでいてくれて、ありがとう。

僕を連れだしてくれて、ありがとう。

空が青いことを思いださせてくれて、ありがとう。

――そばにいてくれて、ありがとう。

「どういたしまして」

目を細めて笑う彼女の頭上は今日も、白く白く輝いていた。


「ようこそお参りくださいました」

小さな駅で降りてから、山道を登ること二十分。

青々とした山の中に現れたお寺は、歴史がありそうな立派な造りだ。

入口で箒《ほうき》を持った住職さんに出迎えられ、僕らは姿勢を正しながら建物へと足を踏み入れた。

「空気が違う感じがする」

すう、と隣で今村さんが鼻から息を吸う。

僕も倣うように、深呼吸する。

葉っぱや土、少し湿った雨の匂い。木造の床や柱、畳の匂い。そこに交じる、お線香の匂い。

どこか、別の世界へ迷い込んでしまったような感覚すら覚えてしまう。

山の中だからだろうか、気温が三度くらい低いように感じて、僕は一度だけ身震いをした。

「一通りの準備が終わりましたら、広間へ来てください。昼食にしましょう」

あてがわれた部屋は、隣同士の和室二間。

左の部屋が春弥と僕。

右の部屋が今村さんと藍川さんだ。

どうやらこの週末、修行体験に参加するのは僕らだけみたいだ。

「すげえ、予定びっしり」

部屋で荷物の整理を始めると、春弥が「うええ」と変な声を出す。

先ほど住職さんが手渡してくれた予定表とにらめっこをしている。

「今村さんが言ってたけど、食事は精進料理《しょうじんりょうり》らしい」

精進料理とは、肉や魚を用いず、野菜や豆腐などのみで作られた料理のこと。

春弥は「肉食いたくなりそう……」と不安げな表情だ。

「昼食のあとは、お経を上げる。で、それを筆でなぞる写経ってのがあって、そのあと座禅の時間。風呂入って夕食、九時消灯って書いてある……。消灯早すぎじゃね？」

普段じっとしていることが苦手な春弥にとって、今回の体験は言葉通りの〝修行〟になりそうだ。

ちなみに明日は五時起床。掃除をしてからお経を上げ、座禅を組んでからの朝食となっている。そのあとも夕方まで、様々な体験が用意されていた。

今村さんがやりたいと言っていた滝行はなさそうだ。いま頃部屋で肩を落としているかもしれない。

「健康的で、雑念を取り払うにはぴったりなスケジュールだ」

最初に今村さんから提案があったときには、修行体験は正直億劫《おっくう》だとも思っていた。

しかし実際にこういう場所に来てみたら、神聖な空気感や、深い緑が混在する景色に魅了されている自分もいた。

せっかく来たのだから、自分の中でもなにか感じて帰りたい。

そんな思いが生まれてきたのだ。

「俺は逆に、座禅のとき雑念ばっかになりそう」

ここに来て、不安が重なったのだろう。春弥の頭上のマークが、ふたつ黄色く点灯した。

最近気付いたのだが、このマークは『どうしても消えてしまいたい』という、極端に強い想いだけに反応するわけではないようだ。

そこまで思い詰めたりはしなくても、なんとなく嫌な気分になったり不安なことがあったりすると、ぽわんとそれは点灯する。

ただし、明かりがちょっと弱いのが特徴だ。

いまの春弥のそれのように。

「心配ないって。そのときのために、肩をバシッとやってもらうんだから」

僕の言葉に、点灯していたふたつのマークは、あっという間に光を失くす。

それと同時に、春弥の表情は明るいものに変わっていった。

「……そうだよな、紘の言う通りだ。プロがついてるんだから、俺が心配することないよな！」

単純明快で、裏表のない春弥。

こいつの頭上のマークたちは、一瞬で点《つ》いたり消えたりと忙しそうだ。

「お疲れ」

なんとなくそんなことを言った僕に、春弥が首を傾げる。

「なにが？」

「いや、なんでもない」

「なんだよなんだよ、気になるじゃん」

「だから、なんでもないって。ほら早く着替えろよ」

「夜は覚えてろよ？　根掘り葉掘り、色々聞きだしてやるからな」

「消灯は九時だって言われただろ」

くだらないやりとりをして、ばかみたいに軽口を叩き合って。

なんだか昔に戻ったみたいだ。

消滅願望なんて見えなかった、あの頃に。

僕はいま、こうして取り戻しているのかもしれない。

自分で諦めてきた楽しかったであろう日々を、〝かけがえのない瞬間〟というものを。

■■■■■

お寺の境内《けいだい》にある、小さいながらも綺麗に手入れされている庭園。

白い砂利《じゃり》が綺麗に敷かれたそこには、ぽつりぽつりと、立派な岩が置かれている。

僕らの部屋は、その庭園に面していた。

「寝れない？」

消灯時間が過ぎてから一時間ほど経っただろうか。

板張りの廊下に出て外を眺めていれば、後ろから声をかけられた。

「今村さんも？」

なんとなく寝付けなかった僕は、春弥を起こさないように気を付けながら、外の空気を吸いに出たのだ。

隣の部屋から出てきた彼女は、小さく頷くと僕の隣に腰を下ろした。

ひんやりとした木の感触が、手のひらや足の裏に伝わって気持ちがいい。

「なんだか、眠るのがもったいなく感じて」

僕の言葉に、今村さんは小さく笑う。

「紘くんらしい」

それでもきっと、今村さんも同じ気持ちなんじゃないかと僕は思った。

こうして廊下に出てみたのは、もしかしたら彼女と会えるかもしれないと思ったたから。

根拠なんてない、なんとなくの予感。

そしてそれは、現実となった。

「寒くない？」

「大丈夫。ありがとう」

夜の山はとても暗い。消灯時刻を過ぎたこの場所では、人工的な光はひとつもない。

だけど今夜は満月で、庭園の様子も、今村さんの横顔も、月明かりが白く照らしてくれていた。

「今村さんは今日、どうだった？」

「楽しかったな。初めて経験することばかりで、新鮮だった」

今日一日、今村さんはすべてに本気で向き合っていた。

あんな真剣な表情は見たことがなくて。

それにつられるように、僕もいつの間にか、目の前のことに没頭していた。

時間が、あっという間に過ぎていった。それと同時に、心が落ち着いていくのを感じた。

「雑念を払うのって、難しいよな」

一日という時間をここで過ごしてみて、分かったことがある。

なにも考えない、頭の中をからっぽにする、すべての欲を手放すというのは、本当に難しいということだ。

「わたしも同じこと思ってた。どうやったら雑念や煩悩をなくせるんだろう」

僕からは、今村さんにそういったものはなさそうに見える。

だけど彼女は彼女なりに、色々と手放したいものがあるのかもしれない。

「完全になくせたら、それはもう人間じゃないのかもしれないな」

今日、住職さんの説法があった。

僕らが高校生だったからかもしれないが、それは決して説教くさかったり難しいものじゃなく、穏やかで優しい時間だった。

その中で住職さんが言っていた言葉が、強く印象に残っていた。

『わたしたちはどうあがいたって、人間にしかなれないのです』

あの言葉は、人間でいる限り、悩んだり考えたりしながら生きていくしかないという意味だと、僕はそう受け取った。

「今回、ここに来られてよかったよ」

「え……？」

「僕はそう思ってる。結果的に、煩悩を振り払うことができなくてもさ」

それは、素直な心からの言葉だった。

今村さんが望むように、この経験が彼女の人生観を大きく変える可能性はそこまで高くないのかもしれない。

だけど、十七歳の僕たちが、いまこの場所にいること。

それはきっとこの先の人生でも、なにかしらの形で残っていくはずだ。

友達とこうして非日常的な場所へ出かけることも、普通に生活していたら触れることのない文化も、月明りだけで過ごすこの夜も。

すべて、彼女が運んできてくれたものだ。

「なんだか紘くん、本当に変わったね」

今村さんは、眉を下げて少しだけ微笑む。

それから再び、夜空にぽかりと浮かぶ満月を見上げた。

「前に紘くん、みんな本当は消えたがってるって言ってたよね」

「ああ……、うん」

スーパーの帰りに具合が悪くなったとき。

あの公園で僕がした話を、今村さんは覚えていた。

「どうしてひとは、消えたいなんて思うんだろうね」

月明りが照らしているせいもあるのだろうか。その横顔が、いつもより白く輝いて見えてどきりとする。

僕が知る限り、大なり小なり、誰も彼もが消えたがってる。

なんで人々は、そんな想いに行きついてしまうのだろう。

「……生きたいから」

言いきってから、自信がなくなって「なんじゃないかな」と小さく付け加える。

「うまく説明できないんだけど……。自分のことを守るために、ひとは、消えたい、って願ってしまうんじゃないかなと」

今村さんは真剣な表情で、僕の言葉の続きを待つ。

だから僕は一度だけ深呼吸をして、再び口を開いた。

「これは持論なんだけど。一種の防衛本能みたいなものだと思うんだ」

「防衛本能？」

「生きてると、苦しいこととかつらいことって色々起こる。消えてしまいたいと願うことは、一時的にその苦しい状況から避難するのと近い行動心理なのかなって」

逃げたいと思うのは、自分を守りたいから。

自分を守りたいのは、やっぱり生きていきたいから。

これは今村さんと関わっていく中でたくさんの消滅願望を見つめ直し、僕自身の考えが改まったことでもある。

人間の『消えてしまいたい』という想いは、『生きたい』という想いと背中合わせにある。

必ずしも、すべてのひとがそうというわけじゃないけれど。

「紘くんは、本当に優しいひとだね」

僕の言葉に、今村さんはそんなことを返す。

「それを言うなら、今村さんの方だと思う」

「そんなことない。わたしは紘くんみたいに、寛大に受け止められていないよ」

今村さんはひとつ息を吐きだした。

膝の上に置かれた白くて細い爪の先に、月の光がほんの少し反射する。

「誰かの負の感情に気付くと、とてつもない焦燥感《しょうそうかん》に襲《おそ》われるの。まるで自分の感情みたいに、大きな黒い渦《うず》になって襲い掛かってくる」

彼女の表情や声のトーンが、決して誇張しているわけではないことを物語る。

僕はずっと、今村さんの言動は根っからの前向きさから来ているものだと思っていた。

底抜けに明るい彼女はシンプルに、みんなにも楽しく生きてほしいと願っているのだと。

「わたしがみんなに声をかけるのは、そんな自分の中に生まれた焦りや不安、恐怖を消したいから。全部、自分のためなんだよ」

心の内側を見せてくれた今村さんは、そっと目を伏せる。

そんな彼女を見て、次は僕の番だと覚悟を決める。

ひとつ深呼吸を挟み、意を決して口を開いた。

「誰が消えたいと思おうが関係ないって、僕はずっと思ってきた」

「冷たいだろ？」と続けると、今村さんはゆっくりと首を横に振る。

明らかな形を持って他人の消滅願望が見えてきた僕は、これまでそのすべてから目をそらしてきただけだった。

誰かの負の感情から顔を背け、もはやそれをどうにかしようなどとは思わなかった。見せられるこっちの気持ちになってみろなんて、それこそ自分のことしか考えていなかった。

「だけどいまは、そんな自分は終わりにしたいと思うようになった。今村さんと出会ってから」

「え……？」

「顔を上げられなかった僕に、色々な世界を見せてくれただろ？」

それはもう、消えたいって思う暇がないくらいにたくさんの世界を。

こちらに向けられた彼女の瞳は大きく見開かれていて、そこにはまるい満月が映り込んでいる。

「一緒にいると、たくさんの出来事があってさ。僕らが生きてるのなんて、本当に狭い世界なんだろうけど、その中でもこんなことがあるのかって驚かされることばっかりで。自分の思い込みとか固定観念とか、そういうのを今村さんはあの手この手を使って壊してくれた感じなんだ。破壊神《はかいしん》今村、みたいな」

黙って話を聞いていた今村さんは、そこでふっと表情を崩す。

「破壊神、って。わたし、神様なんだ？」

「なんというか、僕にとってはね」

そう言ってから、照れくさくなって鼻先をこすった。

ちらりと横を盗み見る。今村さんは「ふうん」とまんざらでもなさそうに口角をきゅっと上げている。

「紘くんといると、優しい気持ちになれる気がする。紘くんの優しさが伝染するのかな」

「今村さんは、いつだって優しいって」

そう言ってから、顔に熱が集まるのを感じてそっと僕は深呼吸をした。

これまでに経験したことのないような、息苦しさが胸元を埋め尽くす。不思議なのは、それが不快ではない苦しさだということ。

ふと、春弥の言葉がリフレインする。

『今村のこと好きなんだろ？』

他人の消滅願望が見えるようになってから、そういった感情は自分にはもう無関係なのだと思ってきた。

誰の顔を見ることもできず、誰ともきちんと向き合えず、誰からも理解されない僕が他人を特別に感じられる日なんて、二度と来ないだろうと思ってきた。

だけどまさにいま感じる、心臓のすぐそばにあるあたたかな気持ち。

これはもう、僕が彼女を特別だと思っていることを認めるしかない確かな証拠だ。

赤く染まっているであろう頬を、気付かれぬよう手のひらで冷やす。

今村さんはぽっかりと浮かぶ白い月を見上げていた。

第三章

水面の三日月に手を伸ばす

誰かを特別に想うということは、見えている世界をガラリと変えてしまうだけの力を持っているらしい。

見慣れたはずの電車からの景色とか、通い慣れた通学路とか、以前はうんざりだと思っていた教室内ですら、鮮やかな色彩を持って目に映るのだから。

「今日からは、いよいよ三年生です。来月の文化祭を目一杯楽しんで、そのあとは受験生としての生活に徐々に切り替えていきましょう」

春。新学期が始まった。

担任の話もそこそこに窓の外を見れば、桜の花びらがヒラヒラと風に舞って落ちてくる。まるでピンクの雨のようだと、僕は思った。

そんな詩的な言葉が浮かんでくるなんて、僕らしくもない。

そう気付いて、ひとりで恥ずかしくなって額に手を当てる。

別に、誰が見ているわけでもないというのに。

――今村さんを特別だと想っている。

そのことを自覚してから、ずっと心の奥がふわふわと浮いているような状態だ。

彼女からメッセージが届けば、自然と口角が上がってしまうし、ちょっとした言葉ひとつで心臓がドクドクと忙《せわ》しなく騒ぎだす。

少し先にいる彼女の形のいい耳だとか、緩くまとめた髪の毛を掬う指先だとか、そういうものがとても綺麗に見えて、だけどそんなことを考える自分に辟易《へきえき》して、視線がどうにも定まらない。

「……重症だな」

こんな風になるなんて、自分でも予想外だ。

それでも気付けば、今村さんを目で追いかけてしまっている。

これまでも彼女と一緒に過ごしてきたはずなのに、見る度に新しい発見がある。

笑うと目尻がきゅっと下がるんだ、とか。

褒められると前髪をいじるんだ、とか。

いつも周りを見て誰かが孤立しないようにしているんだ、とか。

大はしゃぎしているように見えても冷静に判断しているんだな、とか。

人間は、そう簡単に恋に落ちたりはしないと思う。僕の場合は、特に。

だけど一度それに気付いてしまえば、〝恋の要素〟が重なっていくのは簡単だ。

次から次へと、いいところに気付かされる。

まるで舞い落ちて重なっていく、桜の花びらたちのように。

「紘くん、ちょっと聞きたいんだけど」

文化祭の出し物についてのホームルームが終わったあと、今村さんが僕の席までやって来る。

うちのクラスは、文化祭でたこ焼き屋をやることに決まった。

現在、クラスの中心人物たちが内装やレシピについて色々と盛り上がっている最中だ。

今村さんがその輪を抜けだして、僕に声をかけてくれた。

ただそれだけのことが嬉しくて、だけどそれがばれないよう、僕はむっと口元に力を入れた。

「放送部って、文化祭ではなにやるの？」

「特に、なにもしないけど」

「え、いままでもなかったの？」

「ない。先輩たちもクラスの出し物で忙しかったし」

うちの学校では、部活動が文化祭で出し物をするかどうかは生徒たちが自由に決められる。

それでもなんとなく、人気の部活は出し物をして、地味な部活は展示発表、もしくはなにもしないという流れができていた。

サッカー部や野球部ならストラックアウト。バスケ部はスリーポイントのゲームをやっていたし、ダンス部や軽音楽部などは体育館で発表もする。

そして我が放送部は、これまでも文化祭ではなにもしてこなかったのだ。

「もったいなくない？　せっかく校内放送を使える権利を持ってるのに」

「そうは言っても、なにもすることはないし」

顔を上げた僕の瞳に、キラキラと目を輝かせた今村さんの笑みが映る。

不覚にも、心臓が大きく跳ねてしまう。

「文化祭特別番組！　やろうよ、絃くん！」

本当は、こういう行事に積極的に参加するのは得意じゃないんだ。

準備しなきゃならないこともたくさんあるだろうし、当日だってバタバタするに決まってる。

基本的に僕は、誰とも関わらずにひっそりと日々が過ぎていくのを待っているタイプの人間だったのに――。

「分かった。柏谷先生に聞いてみようか」

僕は、弱い。

――今村さんの笑顔に、多分すごく、弱いんだと思う。

放課後、放送室に向かうと、一足先に来ていた藍川さんが「絃先輩、聞きましたよ」と声をかけてくる。

柏谷先生の承諾を受け、彼女は晴れて放送部員となった。

「もしかして文化祭のこと？」

「はい、さっき佳乃先輩がメッセージくれました」

情報共有の早さは、まさに光の如《ごと》くだ。

「藍川さんのクラスはなにするの？」

「うちは劇をやることになりました」

「お、文化祭の花形だ」

体育館のステージを使って劇を披露することができるのは、各学年一クラスだけ。

藍川さんのクラスはその権利を勝ち取ったらしい。

しかし彼女は、気まずそうに視線をそらす。

この反応は多分――。

「藍川さんも出るの？」

「……はい。じゃんけんで負けてしまいまして」

劇に出演するとなれば、練習も大変だろう。

「部活の出し物は心配しなくていいよ。僕はクラスでの役割はほとんどないから」

クラスの中心人物である今村さんは色々とやることがあるだろうけれど、例年通り僕は大した役割も課されていない。

「すみません、ありがとうございます」

申し訳なさそうに頭を下げる藍川さん。

僕らとしては、彼女が放送部に入ってくれただけで十分に嬉しい。

「生放送のメッセージテーマとか、決まってるんですか？」

「ああ、今村さんが〝願いごと〟にしようって」

まるで前から考えていたかのように、彼女は喜々としてそのテーマを提案してきた。

「文化祭の放送で読まれると願いが叶う、とかって素敵じゃない⁉」と目を輝かせながら。

そのことを話すと、藍川さんは「佳乃先輩なら言いそうですね」とくすりと笑う。

「ところで、藍川さんは劇で何役をやるの？」

「白雪姫の……魔女を……」

「……絶対見にいかないとな」

「そ、それだけは！　あ、春弥先輩には秘密にしといてくださいね！　あのひと、絶対からかってきそうなんで！」

あれほどにすべてが点灯していた彼女の頭上のマークは、いまではひとつ点灯しているだけ。

きっとこれは、劇のキャストになってしまったことを不服に思っているからだろう。

「たしかに春弥が聞いたら、どんな予定も後回しにして藍川さんの魔女姿を見にいくだろうな」

「おもしろがって色々言ってきそうなので、絶対内緒にしてくださいね」

ものすごく嫌そうな顔をする藍川さんに、思わず笑ってしまう。

「ところで、佳乃先輩はまだですか？」

「文化祭のことで、教室に残ってるよ。あとで来ると思う」

アイデアも豊富な彼女は、教室内の装飾イメージなどをクラスメイトたちと雑談を交えながら相談していた。

今日の様子を見ていて、今村さんがどれだけ頼りにされているかがよく分かった。

話し合いが停滞したときも、今村さんの一言で空気に動きが生まれる。

意見が二分されると、今村さんがその着地点をやんわりと提案する。

だからみんな、ここぞという場面で彼女の名前を呼ぶのだ。

「佳乃先輩に、告白しないんですか？」

「……へっ!?」

「文化祭で告白する人、多いらしいですよ。佳乃先輩もされちゃうかも」

「べ、別に……、いや、え？」

突然の言葉に動揺する僕に、藍川さんは「紘先輩の気持ちは、ふたりのことを見てれば分かりますよ」とさらりと言う。

まさか、春弥のみならず藍川さんにまで気付かれていたなんて。

実を言うと、この間春弥からも同じようなことを忠告されたばかりだ。

『今村はモテるから、もたもたしてると他の男に取られちゃうからな』と。

彼女との関係は、いまのままで僕にとっては十分だ。

これ以上、どうこうなりたいという願いがあるわけではない。

もともと、彼女と僕は正反対の、違う世界にいる人間なのだから。

でもそれらはすべて、自分に言い聞かせているだけだったのかもしれない。

だからこそ、こんなにもふたりの言葉に焦らされているのだ。

「応援してます、紘先輩のこと」

顔の前で両手をぎゅっと握った藍川さんに、僕はややあって「頑張るよ」とだけ伝えたのだった。

□□■■■

これまで、どこかへ出かけるときはいつも今村さんが声をかけてくれていた。

リクエストボックスの買い出しも、バンジージャンプも、寺での修行体験も。

だけどこれまでの関係を変化させたいのならば、自分から動かなければ。

そう思った僕は、ごくごくストレートに「ふたりで出かけないか」と声をかけたのだ。

あれこれ考えても、うまい言い回しが出てこなかったから。

「絃くんから誘ってくれたの、初めてだね」

制服のリボンを直しながら、今村さんが笑う。

今日は特別日課で、午前中で授業は終了。

文化祭準備に借りだされそうになっていた今村さんを『放送部の買い出しがあるから』と連れだした僕はいま、彼女と並んで電車に揺られている。

「特別番組で使うなにかを買いにいくの？」

「いや……、純粋に遊びに行きたいなと思って。今村さんと」

視線を泳がせながらどうにかそう言った僕に、彼女はきょとんとした表情を浮かべる。

それはそうだろう。

こんな台詞、僕らしくないんだから。

「今日はまあ、天気もいいし」

照れ隠しでそう付け加える。だけど今村さんの前では、そんなものもあまり意味はないみたいだ。

「へへ、嬉しい」

彼女はゆっくりと、表情を崩した。

たったそれだけのことなのに、心臓のあたりがぎゅっと縮まる感じがする。

自分の中に、こんな感情があったなんて知らなかった。

たったこれだけのことで、たったひとつの笑顔で、こんなにも心の奥が揺さぶられる。

大事だなと思う。

愛おしいなと思う。

ずっとこうして笑っていてほしいなと思う。

頭上のマークから、彼女が悩みを抱えていないことが分かっていても、やっぱり願ってしまう。

これから先も、今村さんが『消えたい』という感情とは遠い場所で生きていけますようにと。

映画館に来るなんて、本当にいつぶりだろうか。

平日の午後の映画館は、思っていたよりも人が少なかった。

「ちょうど見たいと思ってたんだ」

今村さんのリクエストは、映画を観ることだった。

本当のことを言えば、映画館は僕が敬遠してきた場所のひとつ。

たくさんのひとたちが集まる場所だし、スクリーンの中の役者の消滅願望も見えてしまうせいだ。

しかし、今村さんが行きたいというのならば一緒に行きたかった。

以前、具合が悪くなった僕のため、彼女は観にいくはずだった映画をキャンセルしてくれたこともあったし。

「どれが今村さんの見たいやつ？」

「これこれ。すごい泣けると噂の……って、紘くんこういうの苦手？」

「んー……」

今村さんが指さしたポスターには、若いふたりの男女が肩を寄せ合っている後ろ姿。

タイトルからも、余命ものであることが分かる。

「いや、大丈夫」

以前の僕ならば、この手のものはポスターだけでも拒否反応が出ていた。

〝死〟というものを美化して、都合よく脚色して、感動的なエンターテインメントに仕上げているように思えて。

くそくらえだと、以前の僕ならば思っていた。

だけど今村さんと一緒に過ごしてきた時間があるいまの僕ならば、そういった偏見をなくして作品として見ることができるような気もする。

「じゃあ、行こうか」

「うん。ありがとね、絃くん」

「映画館自体久しぶりだから、結構わくわくするよ」

そうして僕らは、薄暗い館内へと足を進めたのだった。


「泣けたねぇ」

「今村さん、泣いてたの？　気付かなかった」

「絃くんは泣かなかった？」

「ぐっとは来たかな」

外はすっかり暗くなっている。

映画館をあとにした僕らは、いつものラーメンをすすりながら映画の感想を言い合っていた。

映画は、たしかに完成されたエンターテインメントだった。

内容も構成も、どれも感情移入させられるものだったし、クライマックスのシーンでは会場内の至るところからすすり泣きのようなものも聞こえた。

大ヒット映画と聞いて、なるほどと思ったのも事実だ。

しかし僕は内容というよりも、全く別の部分で心を打たれていたのだ。

「演技とは思えなかった。俳優ってすごいんだな」

「主人公とヒロインを演じたのは、いま人気の実力派俳優のふたりなんだよ」

スクリーン上の人々の頭上にも、やはりマークは見えていた。

しかしその点灯具合は、映画の展開と見事にマッチしていたのだ。

ふたりが恋に落ちて楽しい時間を過ごしているときには、消滅願望はひとつもなくて。

ヒロインが病気だということを告白したシーンでは、見事なまでにふたりの頭上のマークは五つすべて点灯していた。

「演じているというよりは、もうその人物になりきっているんだろうなぁ」

実際に今回の主演を務めた俳優たちは、本当につらくて苦しい思いをしたのだろう。

いくらフィクションとはいえ、作りだしている人々は真剣に〝死〟と〝生〟と向き合っているのかもしれない。

「紘くんは、視点が独特だよね」

そう言った今村さんは、おかしそうに笑う。

消滅願望が見えるからこその感想だったのかもしれないと気付いた僕は、「どんな仕事もすごいな」と当たり障りのない言葉でごまかした。

「美味しいラーメンを作る仕事もすごい」

今村さんの現在の大好物は、ラーメンだ。本人曰く、カフェのパンケーキなどとはまた違う満足感を得られるらしい。

今日だってスープを、どんぶりを両手で持って飲み干している。

麺を一本ずつすくっていた今村さんをここまでにさせてしまう、このお店の大将の力はすごい。

「このあと、ちょっと付き合ってくれる？」

ことんと器をテーブルの上に置いた今村さんは、壁に掛けられた時計を見ながらそんなことを言った。

時刻は午後八時を回ったところ。

「僕は構わないけど……」

高校生になって、親から特に門限のようなものを言い渡されたことはない。

そもそも、学校が終わったらまっすぐ帰宅していた僕には必要がないものだったのだけど。

しかし、今村さんはラーメンを食べたこともなかったほどの箱入り娘。クラスメイトたちと夕飯を食べることが多いとは聞いていたけれど、お嬢様育ちといわれている彼女には門限があってもおかしくはないだろう。

「あ、うちなら大丈夫だからね。少し遅くなるって連絡も入れておいたし、なにより信頼されているので」

ちょっとだけ誇らしげにそう言う彼女。

今村さんから詳しく家族の話を聞いたことはないけれど、普段の彼女を見ていれば愛情を持って大事に育てられてきたのだということが分かる。

「それならいいけど。で、どこに？」

こんな時間から、一体どこでなにをしようというのか。

今村さんが、いつかと同じようににいっと口を横に引く。

それはまさに、デジャヴみたいな感覚で。

「夜の学校に忍び込む」

握っていた右手をこちらへと差しだした彼女。

一体、どこから入手したのだろうか。

僕の顔の前で、ちゃりんと銀色の鍵が揺れた。

□■■■■

通常、先生たちは授業が終わっても学校で色々な雑務をしている。

しかし今日は新しくやって来た先生の歓迎会が行われているため、現在、学校には誰もいない。

というのは、今村さんが得てきた情報だった。

一体、どうやって先生たちの予定を知ることができたのか。

色々なところに情報網がある彼女だからこそできる技のひとつなのか。

それを伝えれば、「そんな大げさなことじゃないよ」と今村さんは笑った。

先生たちが話しているのを、偶然聞いたのだという。

「こっちこっち」

通い慣れた学校でも、何度も通ってきた階段でも、昼のそれと夜のそれは違う様相を見せる。

きっとひとりならば、不気味に思えたであろう夜の学校。

だけど今村さんがいると、わくわくとした景色に見えるのが不思議だった。

背徳感《はいとくかん》というエッセンスも加わっていたのだとは思う。

「どこ行くの？」

「いいからいいから」

僕の数歩先の階段を、軽やかに上っていく彼女。

一段一段駆け上がる度、柔らかな香りが僕の頬をかすめていく。

彼女が持っていた鍵の正体が分かったのは、そのほんの数十秒後。

最上階の屋上へと続くドアの鍵穴に、今村さんが銀色のそれを差し込んだ。

ガチャリと、重厚な音が響く。

「ようこそ、夜のプールへ」

今村さんの笑顔が、夜の明かりにほんのりと照らされた。

季節としての春がやって来たとはいっても、肌寒い日もまだ多い。

ところが今日は例年よりも気温が高く、日中は半袖でも過ごせるような陽気だった。

「先生たちだって、寒いときにプール清掃なんてしたくないもんね」

プールサイドに腰掛けふくらはぎあたりまでを水につけた今村さんは、楽しそうに笑っている。

夏に向けて、プールの試運転をする。

そんな先生たちの予定をも、今村さんは把握していた。

「なんでそんなに色々知ってるわけ？」

「常にアンテナを張り巡らせているからね。あっちにもこっちにも、職員室のお知らせボードにも」

人差し指を頭の左右で揺らす彼女のマークは、昼でも夜でも変わらない。

そういえば、今日の映画のクライマックスシーンを見て涙しているときですら、白飛びするほどからっぽだった。

彼女に促され、僕も隣に腰を下ろす。

裸足《はだし》になって、そっと水面へと足を下ろした。

「冷て……」

「でも気持ちよくない？」

ちゃぽんという音がして、ひんやりとした水温が足を包む。

最初はびりりと皮膚が張り詰められたけど、慣れてくると彼女が言う通り心地よくもあった。

今村さんが足をゆらゆらと揺らす度、水面に波紋が広がっていく。

よくよく目を凝らせば、プールの中央あたりには三日月が映っていた。

「今村さん、よくああいう映画観るの？」

頭上のマークを見つめながら、気になっていた質問をする。

彼女のそれはいつだって、感情によって変化することがない。

それはどんな状況においても、前向きな自分というものが中心にあるからだ。

そんな今村さんと、悲しい結末が用意されていることが最初から分かっている映画というのは、なんだか不釣り合いに感じた。

「死んじゃう系の話ってこと？」

「そう。死に向かっていく話」

今日映画を見てみて、演じるひとたちのすごさを知った。

作り出されたものだとしても、関わる人々がそのテーマと向き合ったからこそ完成されたものなのだということも分かった。

だけどやっぱり僕は、〝死〟に向かっていくストーリーは苦手みたいだ。

単純に、悲しい気持ちになりたくないのだと思う。

そのことを正直に伝えると、今村さんは静かに頷いていた。

「自分に置き換えながら見たら、どうしようもなくつらくなる」

「きっとほとんどのひとが、感情移入しながらも客観的に見てるんだと思うよ。自分や大事なひとがいますぐ本当に死んじゃうなんて思ってない。今日見た映画のヒロインだって、その女優さんが本当に死ぬわけじゃないって、みんな分かって見てるわけでしょ」

フィクションだから安心して見られる。

フィクションだから、綺麗な涙を流せる。

今村さんは、どこまでも冷静だ。

彼女はふっと力を抜いて笑顔を見せると、ちゃぷんと大きく右足を揺らした。

「フィクションだとしても、命を大事にしようって思わない？　毎日こうやって生きていられることは幸せなんだな、とか。当たり前のことに感謝しなきゃいけないな、とか。そういうことに、改めて気付かせてくれる」

「今村さんでもそんな風に思うんだ」

「いつでも意識するようにはしてるけどね。自分で言い聞かせるのと、こういう外側から感じるのとでは違うじゃない？」

「なるほど」

彼女の根底にあるのは、なににも負けない前向きさだ。だけどその上には、色々な想いが積み重なっているのかもしれない。

頭上のマークがそのひとのすべてとは限らない。

今村さんの新しい一面を知っていく。

それはまた一歩、彼女に近付けたような感覚にも近くて、純粋に嬉しかった。

「あ、月」

今村さんはそう言うと、プールの中央へと手を伸ばす。

空に浮かぶ三日月には手が届きそうにないけれど、水面で揺れるそれはもっと身近に感じられる。

——と、その瞬間、バシャンという大きな音が夜の空気を震わせた。

バランスを崩した今村さんがプールの中に落ちたのだ。

「今村さんっ……！」

水の中からぷはっと顔を上げた彼女。

「落ちたー！」

慌てた僕に反し、髪の毛から水を滴《したた》らせた今村さんは、そのまま楽しそうに声を上げて笑う。

「いやいや笑ってる場合じゃないって」

ほっとしたのも束の間、彼女のにやりとした笑みを僕の視界が捉える。

その瞬間、ぐいっと両手を水中から強く引かれた。

「う、わっ……！」

どぷん、と全身が水に呑み込まれる。

水中に落ちた瞬間というのは、すべてがスローモーションになったように感じる。

地上と水中では、時間の流れ方が違うんじゃないかと感じてしまうほど。

ぶくぶくとあぶくを吐きだしながら、酸素を求めて水上に出る。

いたずらが成功したような表情の今村さんが、目の前で小さく肩を上げた。

「入らなきゃもったいかなーって」

「夏なら最高だったけどな」

僕の言葉に、彼女は「ちょっと惜しかったねえ」と楽しそうに笑う。

水の冷たさとか、突然水中に落ちた衝撃とか、鼻の中に水が入ったこととか。

そういう不快の元となるはずのものたちも、今村さんの前では全部浄化されてくみたいだ。

さっきの彼女と同じように、僕も思わず笑ってしまう。

今村さんはそれを確認すると穏やかに目尻を下げて、仰向けに水面に浮かぶと空を眺めた。

その横で、彼女に倣うように僕もそっと浮いてみる。

――静かだった。

白く浮かぶ三日月以外、空に星は出ていない。

夜の静寂に時折、ちゃぽんと静かな水の音が響く。

「悪いことしてるね、わたしたち」

「バイクに乗って窓ガラス割るよりは、まだいいと思うけど」

「たしかに」

ふふっと彼女が笑う。そこから生まれた波紋は時間をかけて、僕の頬まで到達する。

「スリルがすぐそばにあると、生きてるんだなぁって実感するでしょ」

「分からないでもないかな」

見つかったら怒られるであろう状況とか、普通ならばやったりしないことだとか、日常では縁がない場所だとか。

そういうものに触れたとき、ひとの心臓はドクドクと大きな音を立てる。

それは彼女が言うように、自分が〝生きている〟のだということを、実感させてくれるものなのかもしれない。

たとえばいまの僕が、水を冷たいと感じることも、彼女と一緒にいて満たされた気持ちになるのも、もっと今村さんのことを知りたいと願うのも、僕が生きているという証拠だ。

もう一歩、近付きたい。

心の距離を、あと一歩縮めたい。

「──佳乃、って呼んでもいいかな」

ちゃぷんと水面が小さく揺れる。

しばらくの沈黙ののち、僕の頬に再び波紋の波が届いた。

「──うん。いいよ」

澄んだ声が、そっと僕を包み込んだ。

■　■　■　■

誰もいない放送室。

二時間程前に今村さん――、いや、佳乃が走り去っていった渡り廊下を窓から見ながら、僕は大きくため息をついた。

「はぁーっ……」

今日彼女は、友人たちとの約束があるからと、リクエストボックスの確認だけしてここをあとにした。

藍川さんは劇の練習ということで、今日は部活を休んでいる。

「名前で呼ぶって、ハードル高……」

自分で望んだくせに、そんなぼやきが落ちてしまう。

夜の学校のプールという非現実は、僕の脳内をトランス状態にしていたらしい。

だって普段の僕ならば、あんな思いきったことを口にできるわけがない。

「意識してんのは僕だけなんだよな」

今日も彼女は、いつも通りだった。

対する僕は、どうしても気恥ずかしさを抜ききれなかった。まともに彼女の顔を見ることもできず、当たり障りのないやりとりをしただけだ。

「かの……」

練習のつもりで口に出してみるも、恥ずかしさが駆け上がってきて頭を抱える。

だけどいまさら、「今村さん」なんて呼ぶのもおかしな話だ。

自分から名前で呼んでいいかって聞いて、彼女はそれを了承してくれたのだから。

意を決して顔を上げる。

慣れればこの気恥ずかしさも消えるだろう。

まずは練習あるのみだ。

「かの、かの、かの、かの、か……の……」

ふと視線を感じ、顔を横に向けた僕は、そのまま固まってしまう。

放送室の入り口に、にんまりとしそうな表情を必死に堪えている春弥と藍川さんが立っていた。

「なっ……」

「いやあ、紘と一緒に帰ろうかなーっと」

「わたしも劇の練習がさっき終わって、放送室の電気が点いていたので……」

世の中に、こんなに恥ずかしいことがあるなんて。

いまこの瞬間も、いっそのことトランス状態になれればいいのに。

だけど人間の心理は、そう都合よくは作られていないみたいだ。

「あの、もしかして佳乃先輩と進展があったんですか？」

「まさか紘、告白したとか？」

はあ、と大袈裟なため息をついた僕は、放送室へと入ってきたふたりから一歩下がって距離を取る。

「そういうんじゃないから。ただ名前で呼ぶことにしただけ」

最後にかけて早口になりつつも、事実だけ告げておく。

遅かれ早かれ、ふたりには僕が彼女を名前で呼ぶことに気付かれるわけで、それならば早いうちに言っておいた方がいい。

からかわれるのを覚悟していたけれど、ふたりは顔を見合わせると嬉しそうな笑顔を見せる。

「佳乃先輩、嬉しかったと思いますよ」

「紘も変わったよな。もちろん、いい意味で」

春弥までもがそんなことを言ってくるから、僕は「まあ……」と視線を彷徨《さまよ》わせることしかできない。

だけどこの身近なふたりが、僕の気持ちを肯定してくれるというのは心強いことでもあった。

と、そこで春弥が「あ！」と声を上げる。

「今度の日曜、誕生日なんだろ？　約束とかしてんの？」

「誕生日って、誰の」

「だから、今村だよ」

寝耳に水だ。

これまで、僕らの間で誕生日の話題が出たことは一度もなかった。

「今日は一足早い誕生日パーティーをするんだって、クラスの女子が話してたけど」

「知らなかった」

天真爛漫《てんしんらんまん》な彼女ならば、「今週末、わたしの誕生日だよ」と自己申告してきそうなものだ。

「今日が友達とのパーティーならば、まだ予定が空いてるかもしれないですよ」

「いや、当日は家族で過ごすのかもな。去年も家族で誕生日旅行に行ったらしいし。今村はなんだかんだ、箱入り娘だからなあ」

春弥の情報通り、誕生日当日、佳乃は家族と過ごすのかもしれない。

それを邪魔しようなどとは思わない。

だけどほんの少しでいいから、直接会いたいと思ってしまった。

「やらないで後悔するより、やって後悔する方がいいか」
自分にそう言い聞かせた僕は、スマホを取りだし佳乃の連絡先をタップする。
好きな相手の誕生日を祝うだなんて、これまで一度もしたことはない。
どんなことをしたらいいのか、なにをプレゼントしたらいいのか。
付き合っているわけでもないのだから、重すぎないものがいい。
なにもかもが初めてで、分からないことだらけだ。
それでも、頭より先に体が動いた。
生まれてきてくれたこと。ここまで生きてきてくれたこと。
がらにもなく、そのことに「ありがとう」と直接伝えたいと思った。
生とか死とか、そんな概念くそくらえなんて思っていたこの僕が。
『今度の日曜、少し会えないかな』
思いきって、指先からメッセージを送信する。
きっといまは、友人たちといる最中だから返事はすぐには来ないだろう。
そう思っていたのに、あっという間に彼女からのメッセージが手元に届く。
『わたしも、絃くんと会えたらいいなと思ってた』
その言葉の真意が、どういうことなのかは分からない。
深読みしたくなるのをぐっと堪えて上を向くと、僕の頭上からスマホを盗み見ていた春弥と目が合う。

「おまっ……」

「羨ましい！　なんか紘がすげぇ青春してて、羨ましい！」

まったく、くだらないな。

こんな風に、ちょっとしたことで騒いだり、ふざけ合ったり。

本当に幼稚でくだらない。

――だけど本当は、こういう時間が僕はずっと欲しかったのだ。

■■■■■

「紘ーっ、おかえりーっ！」

玄関のドアを開くと同時に、アロマの香りが僕をぎゅっと包んだ。

「姉ちゃん、苦しいって」

ぱっと離れて「ふふっ」と笑うのは、ひとり暮らしをしている姉だ。帰ってきているなんて知らなかった。

「ちょっと会わない間にまた背が伸びたんじゃない？　学校楽しい？　授業はどう？　彼女はできた？」

年齢が大きく離れている姉は、昔から僕のことを猫かわいがりするところがある。僕がこうして高二になったいまでも、姉にとっては幼い弟のままなのかもしれない。

都内で暮らす姉は、なかなか実家には帰ってこない。こうして顔を合わせるのは、去年のお正月以来のことだ。

「……姉ちゃんも元気そうで」

じっくりと顔を見るのは、もっと久しぶりだった。いつも明るい姉の消滅願望を目にすることは僕にとってはしんどいことで、ずっと目をそらしていたから。

だけど、今日は顔を上げることができた。

姉の頭上のマークは、三つ点灯中。なにかつらい想いを抱えているのかもしれないが、笑顔を向けてくる姉にはそう伝える。

「なんか絃、かっこよくなったねえ。さ、早く入りな。夕飯はキムチ鍋だって」

「また季節外れな……」

「わたしの大好物だからね」

目を細めた姉はそう言うと、キッチンへと消えていく。

「なにかあったんだな……」

小さく呟いた僕は、スニーカーを脱ぐと自分の部屋へと向かったのだった。

家族団らんという時間を、本当に久しぶりに過ごした。

消滅願望が見えてしまう相手は、家族も例外ではない。そのため、ここ数年、僕はひとりで夕食を食べていた。両親が食べる時間から、二時間くらい遅いタイミングで。

「柊花《しゅうか》は、店の方はどうなんだ？」

父の言葉に、姉は赤いスープを飲み干しながら「順調！」と答える。そのとき、頭上のマークが新たにひとつ点灯する。反射的に俯きそうになった僕は、ぐっと顎を上げて天井へと顔を向ける。それからひとつ呼吸を挟み、ゆっくりと視線を戻した。

「キャンドルショップなんてやっていけるのかって心配したけど、どうにか頑張っているみたいね。彼は元気？」

消滅願望が見えない母は、姉の言葉を信じきっているようだ。

「うん、みんなによろしくって言ってたよ。そういえばこの間、お店に雑誌の取材が来たの。世の中の人々は癒《い》やしを求めてるんだよー」

食卓の中央に置かれた鍋から、肉や野菜をよそう姉。それから「ほら絃のも入れてあげる」と手を伸ばす。僕はその華奢《きゃしゃ》な手のひらに、からになった器を載せた。

「なんだか、昔に戻ったみたいねぇ」

ほう、と息をついて母が言う。父も「うむ」なんてひとつ頷くから、僕はなんとなく居心地が悪くなって何度か椅子の上で座る位置をずらしてみたりした。

「絃も、たまにはこうやって一緒に夕飯食べましょ。いつまでも、こうしてみんなで食卓を囲めるわけじゃないんだし」

そう言った母の言葉に、姉はちょっとだけ眉を下げた。

──いつまでも、この毎日が続くわけじゃない。

ひとはいつか死ぬ。

それは遅かれ早かれ、すべての人間に平等に与えられた運命だ。

姉が家を出ていってから、四人で夕食を食べることは日常ではなくなった。

僕が周りと関わることを避けてから、両親と三人で顔を合わせることも日常でなくなった。

日常は、嫌でも変化していくものだ。懐かしむ頃には、もうそれが手の届かない場所となってしまっていることもある。

「……分かった」

姉が帰ってきたことが、僕が一緒に鍋を囲んでいることが、両親にとってはそれほど嬉しいことなのだろうか。

ふたりの頭上のマークは、綺麗にからっぽになっていた。

両親が眠ったあとリビングに向かうと、姉がひとりで作業をしていた。

「あれ、紘。まだ起きてたんだ」

「姉ちゃんも。仕事？」

ガラスの器に、おはじきのような形をした白いワックス。アロマオイルが入った小瓶に様々な種類のドライフラワーなど、キャンドル作りに欠かせないものがテーブルの上には広がっている。

「週末にイベントに出店するから、それ用にね」

姉の作るキャンドルは、すごく綺麗だ。そのあたりのことに興味がない僕でも、そう思ってしまうほど。

優しい香りや色合い、それぞれが持つ花の雰囲気。そういうものが、自然な形でひとつにまとまっている。

そこで僕は、ふとひらめいた。

佳乃への誕生日プレゼントに、キャンドルはどうだろうか。

太陽のようで前向きな彼女には、明るい色がよく似合う。テーブル上に置かれた完成したばかりのキャンドルを見た瞬間、佳乃の笑顔が浮かんだのだ。

「ひとつ、買いたいんだけど」

「え？　キャンドル？」

そう、と顎を引くと、姉は嬉しそうな目をしたまま、にたりと笑う。

「もしかして彼女に？」

「そ、そういうわけじゃない……」

昔から僕は、姉に嘘をつくのが苦手だ。姉曰く、嘘をつくときに必ず視線がふよふよと泳ぐらしい。

「そうかぁ、紘がプレゼントかぁ！」

ふふふっと含み笑いをした姉は、「でも、これはだめだなぁ」と作業する手元に視線を戻した。

「なんでだよ」

「言ったでしょ。週末のイベント用なの。その代わり、自分で作ったものなら紘の好きにしていいよ」

姉はそのまま、ガラスケースに入った細かいワックスを、僕の方へと押しやる。これを溶かし、再度固めることでキャンドルは完成するのだと、前に聞いたことがあった。

「紘が作ったものの方が、相手の子だって喜ぶでしょ」

「手作りとか、重くない……？」

僕の言葉に、姉は顔を上げる。それからふっと目元を優しく緩めた。

「あんまりね、考えすぎない方がいいよ。重いとか、引かれるかもとか。なにかを見て相手を自然と思い浮かべたら、それがきっと一番の贈り物になるはずだから」

僕はじっと、柑橘《かんきつ》のドライフルーツを見つめた。ドライフラワーと一緒に入れて作ったら、佳乃のイメージにもぴったりだ。

「僕、器用じゃないけど」

「そんな難しくないから大丈夫だよ」

ふう、と小さく息を吐きだし、姉の向かいの席に腰を下ろす。

十歳差の姉と僕。こんな風に姉弟で一緒になにかをしたことは、これまでにあまりなかったように思う。

「じゃあ、早速やってみようか」

ガラスの器に、キャンドルの芯、ドライフルーツやドライフラワーを入れ、溶かしたワックスを流し込む。それが固まれば、キャンドルの完成だ。

言葉にすれば簡単に聞こえるその工程も、やってみると色々とコツが必要であることが分かる。空気が入ってしまったり、こぼれて汚くなってしまったり。もちろん、センスも必須項目だ。

姉が作るキャンドルはどこから見ても完璧で、姉弟ながらに感心してしまう。

「なんか紘、雰囲気が柔らかくなったね」

「別になにも変わらないけど」

そっけない僕の言葉にも、姉はふふっと笑うだけ。

だけど実際、ここ最近、僕の中では大きな変化が起きていた。

それは、消滅願望が見える自分にだからできることがあるのではないか、という考えが生まれたことだ。

僕はカウンセラーじゃないし、誰かのピンチを救うヒーローでもない。

それでも、交差点で思い詰めた表情をしているサラリーマンがいれば、さりげなくそのひとの前を遮るようにして赤信号を待ってみるとか。

マンションのエレベーターで一緒になったひとに『今日はいい天気ですね』と言ってみるとか。

教室の隅でじっと黙っているクラスメイトに『おはよう』とか『またあした』と一言、声をかけてみるとか。

そんなちょっとしたことで、消滅願望はひとつ、もしくはふたつ、消えたりすることがあると気付いたのだ。

「紘も大人になっていってるんだねえ」

そんなことを言った姉の頭上に浮かぶマークは、四つがいまも黄色く点灯したまま。

「姉ちゃん、なんかあった？」

作業を進めながら、なるべく不自然にならないように話題を出す。

僕とは違って喜怒哀楽がはっきりしている姉はよく、マークを点灯させたり消したりしていた。

しかし今日、そのマークはずっと点灯しているままだ。

夕食時に父の言葉でひとつ増えたことも引っかかっていた。

「やだなあ絃。なんにもないよ」

「なにかあった、って顔してる」

正確に言えば、なにかあったからこそ点灯したマークが見えている、なんだけど。

「話したらいいんじゃないの」

本当はこういうことは、あまり得意じゃないんだけど。

いままでは家族であろうが、消滅願望は見て見ぬふりをしてきたんだけど。

人々の〝消えたい想い〟が見えてしまう僕にしかできないことが、あるんじゃないかって最近は思うようになったから。

「家族なんだから」

そう付け加え、なんとなく照れくさくなって鼻先をこする。キャンドルに入れたシトラスのアロマが指先から香った。

数秒の沈黙。そこで僕は、姉がそれまで動かし続けていた手をぴたりと止めていることに気が付いた。

「……お父さんとお母さんには言わないでおいてくれる？　自分で話したいから」

「分かった」

はあ、とひとつ深い息を吐きだした姉は、それからぎゅっと両手を組んだ。

「お店ね、これからはひとりでやっていかなきゃいけないんだ……」

姉には、ずっと付き合ってきた恋人がいた。

キャンドルのお店もそのひととふたりで始め、そのうち結婚するのだと思っていた。

「別にね、なにがあったってわけじゃないんだよ。でもなんとなくうまくいかなくなって、お互いのために別々の道行こうって話になったんだけど」

そう話す姉の手は、小さく震えていた。頭上のマークは、黄色く点灯している。

どれだけ気丈に振舞っていても、心の中は悲しみと不安でいっぱいなのだろう。

僕には恋人がいたことはない。だけど、もしも佳乃が僕の前からいなくなってしまったら、とてつもない喪失感を抱えるに違いないということは分かる。

「仕方ないって分かってるんだよ。たくさん話し合って、この道を選んだわけだし……。でもね、なんかね、まだ心がついていかないのかなぁ」

そう言った姉は弱く笑って、赤くなった目元をちょっとだけ擦《こす》った。

納得の上での別れであっても、失ったものの大きさと、これからはひとりでお店をやっていかなければならないという不安は、姉の消滅願望を点灯させるには十分だ。

「ゆっくりでいいんじゃないの」

僕は、手元の作業を再開させながら口を開く。

姉は二十七歳で、僕はまだ十七歳で。

まともに恋愛をしたこともなく、社会のことなんてなにも分かっていない僕が思いつく言葉なんて、ありきたりなものばかりだ。

それでも、僕にできることはきっとある。

「大丈夫だよ。姉ちゃんのキャンドル、すごく綺麗だから。これを待ってるひとたちが、世の中にはたくさんいると思うから」

ものには作ったひとの姿が映しだされるのだと、柏谷先生が言っていた。

美しいものを作るひとは、心が美しいひとで。

歪んだものを作るひとは、そうやってバランスを取っているひとで。

すぐに壊れてしまうものを作るひとは、同じように危うさを持っている。

「だから、大丈夫」

僕の言葉に、姉は両手で顔を覆《おお》った。

静かに、息を潜《ひそ》めて、泣いていた。

点灯していた四つのマーク。そのうちのふたつが、ふっと明かりを失った。

僕が許すよ

日曜日は、青い空が広がる快晴だった。

「紘くんごめん、待った？」

佳乃と待ち合わせしたのは、駅前の公園。佳乃は今日、明日と家族旅行に行くということで、出発前の三十分だけ時間をもらったのだ。

「いや、全然待ってない」

今日の彼女は、薄いグリーンのロングスカートをはいている。旅行用なのだろうか。いつもとはちょっと違う装いに、思わず目を奪われてしまう。

彼女はごく自然に僕が座っていたベンチの隣に腰を下ろすと、顔周りの髪の毛を耳に掛けた。

「ごめんね、ちょっとの時間で」

「いや、こっちこそ出発前にごめん」

明日の月曜日は、佳乃は学校を休む。

「明日は奈穂ちゃんのサポートよろしくね。初めてのアナウンスで緊張してると思うから」

そのため、昼休みの放送は藍川さんがマイクの前でしゃべることになっている。ガチガチに緊張していたので、ちょっと肩の力を抜くためにも春弥を呼ぼうと思っているというのは、ここだけの話だ。

カサリと、佳乃がいるのとは反対側に隠すように置いておいた紙袋を触る。

そこに入っているのは、僕が作ったキャンドルだ。姉に技術とセンスを教わりながら、ラッピングまでやってみた。

「旅行はどこまで？」

「たしか、軽井沢だったかな」

「車で？」

「そう。お父さんの車。この間、新車を買ったから」

「毎年誕生日は旅行に行くんだって？」

「小さい頃からの恒例っていうやつ。毎年同じ日程でね」

「いいな、理想の家族って感じで」

「そんないいものじゃないよー」

そう言いながらも、佳乃は照れくさそうに笑う。

きっと以前の僕ならば、そんな理想の家族像みたいなものに嫌悪感を抱いていたかもしれない。

消滅願望が見えるようになってから、僕は家族とも避けるようにして過ごしていたから。

だけどいまは、佳乃の話を微笑ましく聞くことができる。それどころか、楽しそうに笑い合う今村家のワンシーンさえ思い浮かべられるくらい。佳乃の両親の顔は分からないけど。

それはきっと、僕自身が家族と久方ぶりに向き合えたからだろう。

裕福なわけでもないし、豪邸や新車があるわけでもない、ごくごく普通の四人家族。だけどそんな家族と過ごす時間も、悪いものではないと思えるようになったから。

佳乃との会話がひと段落ついたところで、僕は小さく深呼吸をする。

時間は有限だ。

しかも今日に関しては、僕に残された時間は本当に短いものだ。

きちんと伝えなければ。

ちゃんと渡したい。

「佳乃」

名前を呼んで、覚悟を決める。

彼女はいつもと変わらない様子で、僕の顔を見る。

「今日呼んだのは、これを渡したかったから」

彼女へと、用意していた紙袋ごと差しだす。

「え……？　わたしに……？」

驚いた様子の佳乃は、「いいの？」と何度も確認しながらそれを受け取る。

緊張。不安。期待。それから再び緊張。

僕は、これまでに味わったことのない気持ちで彼女が中身を取りだすのを待った。

「わ……綺麗……」

透明の袋でラッピングされたキャンドルを手にした彼女は、目を細めながら空にかざす。

「いい香りする。レモングラスかな」

僕がキャンドルに入れたアロマの名前を口にした佳乃に「よく分かったな」と言ってしまう。

「これ、絃くんが作ってくれたの？」

問いかけてはきているが、彼女は確信しているみたいだ。

キャンドルの中にひっそりと忍ばせた、亀をモチーフにしたパーツをこちらに向けているから。

佳乃の瞳は、いつもよりキラキラと輝いて見える。だから僕は、曖昧《あいまい》に視線を泳がせながらも「まあ、そう」と肯定せざるをえない。

「わたしの好きなものが、いっぱい詰まってる。嬉しい、ありがとう」

ドライフルーツのオレンジ、薄ピンクの花びらにまるい形の葉っぱたち。

ほんのりと柑橘系の香りがする、世界でひとつだけのキャンドルだ。

「誕生日おめでとう」

僕の言葉に、佳乃は嬉しそうに微笑んだ。

「絃くん、ありがとう……」

公園の柱時計が、正午を大きな鐘《かね》の音で報《しら》せた。

■■■■■

佳乃不在の月曜日は、僕が思うよりも平穏に過ぎていった。

彼女がいなくても以前よりは顔を上げられるようになっていたし、お昼の放送だって滞りなく終わった。マイクがオフになる度に呼吸を整えながらではあったけれど、藍川さんは放送デビューを無事に遂げたのだった。

「今日の放課後、どうするー？」

「スイーツ食べ放題行きたかったけど、ちょっときついよね。佳乃いないから」

放課後、忘れ物に気付いて戻った教室前、ドアに手を掛けたところで僕の動きは止まった。

十センチほど開いたドアの向こう。クラスの女子たちの会話に佳乃の名前が挙がったからだ。

「なんかさぁ、佳乃って別にいい子だし毎日おごってくれるけど、たまにそれ負担にならない?」

「分かる分かる。なんか金で買われてるっていうか」

「そうそう。だからうちらも、学校では佳乃のこと持ち上げなきゃーみたいな」

「悩みなんかなくてお金持ちで、学校でも人気者でちやほやされて。なんかさ、見下されてるのかなって思うときあるよね」

「自分は特別、って佳乃自身思ってるんじゃない?」

彼女たちは普段、佳乃と一緒にいる顔ぶれだ。

毎日のように共に過ごして、放課後も遊んで、佳乃が買ったというおそろいのキーホルダーをつけている。

ずっとずっと、みぞおちにつかえていたこと。

友達と遊ぶときに、佳乃がすべての支払いをしているという事実。

本人がそれでいいと言っていたし、余計な詮索はしないでおこうと思ってきた。傍から見る分には、佳乃はクラスでもみんなから信頼されていたはずだ。

「まあおごってくれるから、うちらとしてはラッキーだけど」

「なんか佳乃は、本当の友達って感じしないよね」

まさか、こんな形で彼女たちの本音を聞くことになるなんて。

「なんだよ……」

やるせなさが、胸の中を支配していく。

だから言ったじゃないか、という佳乃への気持ちと。

その恩恵を受け取りながら、本人不在のところであれこれ言う彼女たちへの怒りと。

少し考えたのち、僕はドアに手をかける。なにかひとこと、言ってやらないと気がすまない。

そうしてドアを開ける直前、後ろから強く肩を掴まれた。

「なんっ……」

そこにいたのは、眉を寄せた春弥だ。

「紘」

「――だけど！」

分かってる。分かってるんだ。

ここで僕がなにかを言えば、佳乃の日常は壊れてしまう。

彼女を本当に守りたければ、僕がここで出しゃばるべきではない。

だけどこんなの、どうしようもなく悔しいじゃないか。許せないじゃないか。やるせないじゃないか。

「佳乃の気持ちはどうなるんだよ……」

いつもクラスの輪の中心にいて、笑顔を絶やさずに過ごしていた佳乃。僕だってそんな底抜けの彼女の明るさを、最初は苦手だと感じていた。

だけど実際には、彼女は他人の心に寄り添えるひとだと知った。誰よりも優しい心を持っているということも。

それなのに。

「僕なんかより、もっと前から佳乃をよく知っていたはずなのに。僕なんかより、ずっと一緒にいたはずなのに……」

彼女たちの目に、本当の佳乃の姿は映っていなかったんだ。

——悔しい。こんなとき、なにもできない自分がすごく悔しい。

「なにもしないっていう守り方も、きっとある」

春弥の言葉に、僕はぐっと奥歯をかむ。

ここで感情に任せて飛びだすことは、いまの僕にとってはたやすいことだ。

だけどきっと、それは僕の自己満足でしかない。

佳乃はきっと、そんなことは望まない。

春弥に背中を叩かれた僕は、奥歯をかんだまま教室に背を向けたのだった。

□□□□■

翌日、旅行から帰ってきた佳乃は両手に紙袋を持って登校した。

それは、僕でも知っている軽井沢の有名な洋菓子店のものだ。

「佳乃いなくって寂しかったよ～」

「お土産、嬉しい！　いつもありがとね」

昨日あれだけ佳乃をとやかく言っていた彼女たちは、態度を百八十度変えてお菓子を受け取る。

それを見るだけで、みぞおちがムカムカとしてくる。僕はサッと、反対方向へと顔を背けた。

そこにいたのは、同じように釈然《しゃくぜん》としない顔をしている春弥。

「怖えな、人間って」

「本当に」

「昨日はああ言ったけど、やっぱ腹立つな」

春弥は、過ぎたことを思い返して改めて怒る、なんてことはほとんどない。

それでもこんな風に言うのだから、よっぽどの状況ということだ。

ただ、いつも通りに笑っている佳乃を見たら、やはり拳は下ろさざるをえない。

僕らがなにかを言うことは、彼女の笑顔を奪うことでもあるのだ。

それでも、こうも思う。

「偽物の友情なんて、いらなくないか？」

いつも友人との付き合いの中で、支払いをしているという佳乃。

しかし春弥に藍川さん、そして僕はいつだって、自分の分は自分で支払うと決めている。

「佳乃には、僕らがいる」

僕の言葉に、春弥は力強い眼差しのまま頷いた。

放課後の放送室、佳乃と僕は文化祭の作業を進めていた。

春弥はバスケ部の練習で、藍川さんはクラスの劇の準備で不在だ。

「大体の曲のリストアップは、これで大丈夫そうかな」

佳乃はふぅっとひとつ息を吐きだすと、書いていたルーズリーフを僕へと向ける。

文化祭まで、あと二週間を切っていた。

「うん、いいと思う」

一通り目を走らせた僕がそう言うと、佳乃はへへっと嬉しそうに表情を崩す。

今日だって、彼女の頭上のマークはやはり白飛びするほどにからっぽのままだ。

「菜穂ちゃんへのお土産、放送室に置いておけばいいかな」

そんなことを言いながら、紙袋からお菓子を取りだす佳乃。

それから僕へ向き直ると、他のお菓子とは違う包みをこちらへと差しだした。

「絃くんには、ちょっと特別なお土産にしてみたんだ。キャンドルのお礼も兼ねて」

カサリとその包みを開けると、出てきたのは小さなぬいぐるみのキーホルダーだった。

「……なんかこれって」

「そう！　亀吉にそっくりでしょ？」

わたしも買っちゃった、と佳乃は嬉しそうに筆箱についたそれを揺らして見せる。

後ろで本物の亀吉が、ちゃぽんと水へ入る音がする。

「軽井沢、全然関係ないじゃないか」

「でもかわいいでしょ？」

ふふんと笑う佳乃に、強張《こわば》っていた僕の心もほぐされていく。

「旅行、楽しかった？」

「うん。綺麗だったし、空気もおいしかったし、なんか生きてるって実感できた二日間だったよ」

「……そうか」

彼女が空になった紙袋を畳んだ。そのとき、ひらりと一枚、小さな紙が滑り落ちた。

「絃くん、このお菓子も食べて。すごい人気で、昨日も行列ができててね」

そのことに気付かない彼女は、楽しそうにしゃべりながら紙袋をリュックの中へとしまっている。

僕に背中を向ける形で。

「……佳乃。このお菓子を軽井沢で買ったんだよな」

床に落ちた紙切れ。それは、一枚のレシート。

日付は昨日。購入品は、佳乃が配っていたお菓子。

「そうだよ。軽井沢のお土産だって言ったでしょ」

「嘘だ」

え？と振り向いた佳乃の正面に、そのレシートを突きつける。

「なんのための嘘？」

このお店は、たしかに軽井沢のお土産として有名なところだ。

しかしあまりの人気っぷりに、先日都内にも新店舗がオープンしたのだとラジオで言っていた。

紙袋から落ちたレシートに記載されていたのは、その都内の住所だったのだ。

明らかに顔色を変えた佳乃。つまり、彼女が嘘をついたのは確定だということ。

「えっと、違う！　違うの紘くん！　軽井沢でお土産を買う時間が取れなくって」

「あ……」

今度は慌てた様子で、顔の前で両手を振る。

その佳乃に、僕はデジャヴのようなものを覚えた。

いつだったかも、こうやって佳乃は僕に『違う！　違うの澤口くん！』と言ったことがあったのではなかっただろうか。

しかしそのことよりも、嘘を重ねようとする佳乃に対してやり場のない思いが込み上げる。

なんで嘘をついたりするんだ。

どうしてそれを、上塗りしようとするんだよ。

昨日の出来事も相まって、僕の心の中はぐちゃぐちゃの絵の具を溶いた色水のようになっていく。茶色いような、黒いような、なんともいえない濁った色。

「……理由は？」

荒らげてしまいそうになる声を押し殺し、どうにかそう言う。

「――特にないよ」

しかしそこで、佳乃は明るく笑ったのだ。まるで仮面を被《かぶ》るように、一瞬で。

「お父さんが仕事になっちゃって、急遽《きゅうきょ》行けなくなっちゃったの。でも軽井沢行くって言ったのに、行かなくなったとかかっこ悪いでしょ？　だからお土産だけ買ってきたって感じでね。みんなも軽井沢のお土産楽しみにしてるーって言ってくれてたし、がっかりさせたくないじゃない？」

ぺらぺらぺらぺらと、こういうとき、佳乃の口はよく動く。

普段よりも流暢《りゅうちょう》に、不自然なくらいナチュラルに。

それが僕には癪《しゃく》に障った。

なぜならいまの彼女は、クラスで一緒に過ごす女子たちに対するのと同じ表情を僕に向けていたから。

上辺だけで取り繕《つくろ》って、この場をやり過ごそうとしているのが分かったから。

「そうやって、モノで繋ぎとめてきたわけ？」

だからつい、僕は言ってしまったのだと思う。

言うまいと決めていたのに、口が勝手に動いてしまった。

「他人の分まで払ったり、おごったり、必要以上の土産を買ってきたり。そんなんで繋ぎとめた関係なんて、所詮それまでのものだ」

そして言った瞬間、即座に後悔した。

一瞬、佳乃の目は見開かれ、それから泣きだすのを堪えるような表情になったから。

だけど佳乃は、ふっと表情を緩めると諦めたように笑った。

「知ってるよ、佳乃は、みんながわたしのお金目当てでそばにいるってことくらい。それでもいいの。わたしが、それを望んだの」

──あれ。佳乃って、こんなふうに笑うんだっけ。こんな、物言いをするんだっけ。

僕の中で、違和感と後悔がぐるぐると混ざる。

佳乃はゆっくりと立ち上がって、リュックを背負ったまま僕へと背を向けた。

そうしてドアを開けると、無言のまま廊下へと消えていく。

そんな彼女の頭上のマークは、こんな状況でも白飛びするほどからっぽだった。


「はあーっ……」

盛大なため息が、自分の部屋に響き渡る。

結局あのまま、放送室にひとり取り残された僕は、雑念を振り払うように文化祭の準備を進めた。

こういうときは、作業をするものではないと思う。

出来上がった進行表は誤字脱字ばかりで、一時間ほどを無駄に過ごし、帰宅しただけだったから。

「言いすぎた……よな……」

自分の言動を思い返し、ぐたりと机の上に突っ伏す。

どう考えても言いすぎた。そして、言わなくていいことまで言った。その結果、佳乃にあんな発言までさせてしまったのだ。

僕はきっと、自惚《うぬぼ》れていたんだ。

自分が佳乃にとって、他のクラスメイトとはちょっと違う存在なんじゃないかと。

彼女は僕のことは本当に信じていて、嘘をついたりなんかしないはずだ、なんて。

「傲慢《ごうまん》もいいところだ」

思い返しては、自分の幼さと自分勝手さに嫌気が差す。

それでも彼女は、最後にはやはり笑っていた。

頭上のマークだって、からっぽのままだった。

「なんでなんだろう……」

最近、ふと疑問に感じることがある。

誰しもが五つのマークのうち、ひとつやふたつは、光を点けたり消したりしているものだ。

それなのに佳乃の場合は、出会ってから今日まで、一度もそれが変化することがない。

喜んでいるときも、悔しそうにしているときも、お腹を抱えて笑っているときも、悲しみに暮れているときも。

「もしかして佳乃にも、特殊な能力がある——とか？」

そんな考えが浮かび、ばかばかしくなって頭を左右に揺らして振り払った。

その反動で、チリンと鈴が揺れる音がした。

机の上に置きっぱなしにしていた、小さな包み。

僕はそこから、亀吉そっくりのキーホルダーを取りだした。

軽井沢とも、言ってしまえば、どこの地域とも関係のないキーホルダー。もしかしたらこれは、雑貨屋なんかで買ったのかもしれない。

「嘘でもごまかしでもなく、僕のことを思い出して買ってくれたんだよな……」

スマホを確認するも、メッセージはなし。

色々と考えてみたけれど、結局正解なんか分からなかった。

それでも、こういうことは時間を置くとろくなことにはならない。

そのことだけは、なんとなく分かったみたいだ。

時刻は午後八時三十分。

スマホと財布だけ持った僕は、そのまま家を飛びだした。

佳乃の家の場所は、なんとなく知っている。以前、家の近くまで送ったことがあるからだ。

走りながら通話を試みるも、佳乃のスマホは電源が切れたままなのか一向に繋がらない。

突然行ったら迷惑だろうか。だけど早く謝りたい。

少しだけでいいんだ。

顔を見て、直接ごめんと謝って。

放送室を出ていく直前の、歪《いびつ》な笑顔が忘れられない。

「たしか、ここを右……」

前に佳乃とは、このコンビニで別れた。自分の家はここを右に曲がってすぐだから、と。

角を曲がって少し進むと、閑静《かんせい》な住宅街に入った。

おしゃれな家や立派な家が立ち並ぶ一帯は、このあたりでは有名な高級住宅街。

その中でもひときわ大きな、真っ白な邸宅。広告でしか見たことがないような、モダンな造りの三階建て。一階部分は車庫になっているのだろうか。自動で動くようなシャッターが三台分ぴたりと閉じられている。

表札には、今村の文字。父親らしき名前の下に、佳乃の名前も彫られている。

ここが佳乃の家で間違いはなさそうだ。

僕はしばらくの間、唖然《あぜん》とその建物を見上げていた。

佳乃が以前口にしていた『ラーメンを食べたことがない』や『お小遣いが多すぎる』という台詞を、嘘だと思ったことはない。

だけどこの景色を前に、現実が突然僕のイメージに追いついてくるような感覚だった。

と、そこで、僕は小さな違和感に気付いた。

それは、窓に明かりがひとつも点いていないということ。

それどころかすべての部屋のカーテンがぴったりと閉じられていて、生活感のようなものが感じられなかったのだ。

他の家々には、ぽつぽつとオレンジの明かりが灯っている時間帯にもかかわらず。

そしてもうひとつ。

立派な表札に記された名前。

「ふたり分しかない……」

佳乃に兄弟はいない。しかし、それならば母親は――？

どくり、とみぞおちの奥が嫌な脈を打ったとき、「佳乃ちゃんのお友達？」と後ろから声をかけられた。

そこにいたのは、ひとの好《よ》さそうなおばちゃんだ。

「あらごめんなさいね、わたし近所のおうちで家政婦をしてる者でね。佳乃ちゃんとはもう長い付き合いで」

にこにことした笑顔を向けたおばちゃんは、佳乃の家を見上げるとため息をつく。

「佳乃ちゃん、まだ帰ってないのねえ。遅くまでどこで過ごしてるんだか。でもねえ、おうちに帰りたくない気持ちも分かるわよねえ。誰もいない、広いおうちって寂しいだけだもの」

「え……？」

「お母さんはずいぶん前に出ていっちゃったきりだし、お父さんは仕事が忙しくてほとんど家には帰ってこないでしょう？　平日は家政婦さんがごはんを作ってくれてるみたいだけど、こぉんな広いおうちにひとりきりなんてねえ。わたしはもう、かわいそうでかわいそうで……」

がつん、がつんと、連続で殴られたような衝撃に、こめかみをぐっと押さえる。

だってそれは、周りの佳乃に対する評価や、彼女の口から聞いていた事実とは大きくかけ離れたもので。

「でも、佳乃ちゃんにこんな素敵なボーイフレンドがいたならもう安心ねえ。あらっ、おしゃべりしすぎちゃったわ。それじゃあまたねえ」

おばちゃんはそう言うと、ひらひらと手を振って駅の方へと歩いていった。

しん、と住宅地に静寂が響く。

「どういうことだ……？」

佳乃はいつでも前向きで、底抜けに明るくて、悩むということ自体がないはずで。

家族に大事に大事にされて、愛情をたくさん受けて、あたたかい家庭で育ったはずで。

たくさんの友達にも囲まれていて——。

そこでふと、去り際に放った佳乃の言葉がリフレインする。

金で繋ぎとめた関係なんてそれまでのものだと言った僕に対し、彼女は諦めたような笑顔でこう言ったのだ。

『それでもいいの。わたしが、それを望んだの』と。

僕はずっと、佳乃が利用されているのだと思ってきた。

だけどもしかしたら、彼女の言葉が正しいのかもしれない。

お金さえあれば、ひとは周りに集まってくる。

お金を出せば、ひとりきりにならずに済む。

だけどそんな関係に縋《すが》らなきゃならないなんて、あまりにも切ない。

「……紘くん？」

後ろから声をかけられ、僕は大きく肩を揺らした。
振り向けばそこには、コンビニのビニール袋を提《さ》げた佳乃が立っていた。
柔らかな風が僕らの間を通り抜けていく。
川に入っていく佳乃を助けたあの場所。
橋の中央で、僕らはどちらからともなく欄干に手を置いた。
「今日、ごめんね」
僕が謝ろうと思っていたのに。
いつだって彼女は僕よりも大人で、それでいて純粋だ。
「僕の方こそごめん。感情的になったりして」
カサリと佳乃の持つ袋が揺れる。その隙間から見えたのは食器用の洗剤かなにかで、
僕はそっと目をそらした。
「おばちゃんから、色々聞いちゃった？」
佳乃の言葉に、僕は反射的に顔を上げる。
おばちゃんが去ってからすぐ、佳乃は帰ってきた。
もしかしたら、去り際にすれ違ったりしたのかもしれない。
「小さい頃からお世話になってるの。ちょっとおしゃべりなのが玉にキズなんだけど

ね」

弱弱しく笑顔を作る佳乃に、僕はぐっと拳を握る。

「紘くん、うちを見てどう思った？」

佳乃の質問に、僕は一瞬戸惑いを抱きながらも、正直に答えた。

「佳乃の家が裕福なのは本当だったんだ、って。改めて実感した」

それを聞くと、彼女は小さく「ふふっ」と笑う。

「大きな家に、会社を経営しているお父さん。料理上手で優しいお母さんに、大事に育てられているひとり娘。それだけ聞いたら、すごく幸せそうだよね」

いまから十年ほど前、今村家は絵に描いたような理想の家族だった。

「みんなうちに来たがったし、佳乃はいいなって言われてきた。だけどね、本当はぐちゃぐちゃだったの」

父親は仕事でほとんど帰ってこず、家のことはすべて母親に押しつけていた。

顔を合わせれば喧嘩《けんか》ばかりだったけれど、世間体を気にして表向きには仲の良い夫婦を演じていた。

「小さい頃から、お父さんとの思い出はほとんどないの。でも寂しくはなかったんだよ、お母さんがいつも一緒にいてくれたから」

佳乃はそう微笑むと、手すりに置いた両手に視線を落とす。

「お母さんね、孤独だったんだと思う。お父さんの愛情を感じられなくなって、頼れる家族も友達もいなくって」

佳乃の両親は、駆け落ち同然で一緒になった。そのため、佳乃自身も母方の祖父母には会ったこともないらしい。

その孤独は、徐々に彼女の母親を追い詰めていくこととなる。

瞳からは覇気《はき》が奪われ、無気力になり、夜になると佳乃の隣ですすり泣く日が続くようになったのだ。

「お母さんよく言ってた。〝消えちゃいたい〟って」

――ああ。そうか。

佳乃が他人の〝消えたい〟という感情に敏感なのは、こういうことだったのだ。

僕のことを放っておけなかったのも、『消えたいのは、僕の方だ』という言葉が彼女の心に引っかかったから。

思い返すと、色々なことがぴたりと重なる。

「学校なんて休んで、ずっとお母さんのそばにいてあげたかった」

しかし、それを周りは許してはくれなかった。

佳乃の母親自身も、それを望まなかった。

「〝お母さんのことを思うなら、学校へ行って。ちゃんと周りから幸せに見えるようにしていて〟」

当時の母親の台詞をなぞらえた佳乃は、それからふっと視線を横にそらす。

「お母さんにとっては、他人から見える完璧な家庭というのが心の支えだったのかもしれない。だからわたしも、必死だったよ」

そうして佳乃は、演じ続けた。

幸せな家庭で過ごしている、満たされた自分自身を。

悩みとは無縁の、いつでも楽しそうな毎日を。

しかし、その努力が実を結ぶことはなかった。

母親は佳乃の下《もと》を去ったのだ。

「小学五年生のときだったかな。学校から帰ってきたら、お母さんがいなくなってた。テーブルの上には離婚届が一枚乗ってただけで、荷物ごとごっそり消えてた。わたしには、置き手紙すらもなかったよ」

消える、という表現を使った佳乃に、僕の胸の奥はヒリヒリと痛みを放つ。

「お母さんとは、それきり……？」

僕の問いに、彼女は弱く笑うと首を横に振る。

「一度だけね……。修学旅行先の京都で、偶然お母さんを見かけたの」

それを聞いて、思わず身を乗りだす。だってそんなの、やっぱり運命で繋がっているんじゃないかと思ったから。

だけど佳乃は、笑顔のままふっと目を伏せた。

「小さい女の子と手を繋いで歩いてた。幸せそうな母娘って感じで、わたしになんか気付きもしなかったよ……」

大きな絶望が、僕を襲う。

きっとこれ以上のショックを、当時の佳乃は受けただろう。そのとき、彼女の頭上は点灯した黄色いマークでいっぱいになっていたのではないだろうか。

「いいことなんだよ、お母さんが幸せならば」

しかし、そのことを語る佳乃の消滅願望は今日もからっぽのまま。

そのことはほんの少し、僕の心を安堵させる。

佳乃の中では、きちんと過去のことになっているという証拠だから。

「だけどね、あの笑顔に思い知らされたの。わたしと一緒にいたとき、お母さんは本当に不幸だったんだな、わたしは本当に無力だったんだなって」

そんなはずがない、とは軽々しく言えなかった。

佳乃といるとき、毎日のように『消えたい』と口にしていた母親。

そんな母親に必死に愛情を注いでいた佳乃。

だけど、母親の心を満たすことはできなかった。

現実は、いつだって残酷だ。

「はぁーっ」

そこで佳乃は、切り替えるように大きな吐息《といき》と共に夜空を仰いだ。

つらかった出来事は、過去のことと割りきった佳乃。だけど母親への『どうして』という想いは、疑問となって彼女の中に残り続けているのかもしれない。

「過ぎたことを、ああだこうだ言っても仕方ないってわかってるんだ」

背筋を伸ばした彼女の表情は、いつもの凛としたものに戻っている。

「でもたまに、こうやって思い出しちゃうこともある」

それから「紘くん、聞いてくれてありがとう」と笑った。

眩しいと、僕は思った。

それは佳乃の持つ強さが放つ光なのか、前向きさがもたらす輝きなのか、それとももっと視覚的に、頭上のマークによるものなのか。

佳乃の知らなかった一面に触れた。

彼女のことを、またひとつ知っていった。

頭上のマークを白飛びさせるほどの明るさを持っている彼女。

これほどの過去の出来事を話していても、今日もそれは変わらない。

それだけ佳乃は前向きで、その強さは本物のはずで。

「僕でよければ、いつでも話してよ」

それでも――。

僕はうまく、笑えていただろうか。

腹の底に、無理やり沈めた胸騒ぎ。

けれどそれは、海面に何度でも浮かび上がる〝浮き〟のように、僕のみぞおちを突き上げてくるのだった。

□□□■■

高校生が一年の中でいちばん浮かれる日、文化祭。

なんて言うと、偏見がすごいと佳乃から怒られそうだけど。

それでも実際、僕にはそう見えるのだから仕方ない。

普段とちょっと違うヘアスタイルをしていたり、クラスTシャツをおしゃれに取り入れた制服姿だったり、なにかが起こるんじゃないかというそわそわ感だったり。

去年の文化祭は、誰も使わなかった放送室でただ時間が過ぎ去るのを待った。

だけど今年は、粉ものを焼いたときの独特の匂いが充満する教室にいる。

「紘、こっち向いて！」

春弥の声に顔を上げた瞬間、こちらに向けられていたスマホのライトが真っ白に点灯し、カシャッと軽快な音が響いた。

「いきなり写真撮るなよ」

「あー、残念。紘、目ぇ細めちゃってるじゃん」

スマホで画面を確認した春弥に、僕は大きくため息をつく。

「そんな光当てられたら、眩しくもなるって」

そう言ったとき、心の中で既視感《きしかん》が生まれる。

この光、なにかに似ている――。

「ついに今日が来たなぁ！」

しかし、小さな引っかかりは春弥の明るい声にかき消された。

真っ青なはっぴを羽織った春弥は、大袈裟に袖《そで》をまくる。

「たこ焼き、五百個作るわ」

ハチマキを締《し》めながら張りきる春弥に、「腱鞘炎《けんしょうえん》になるぞ」と忠告する。

そんなたこ焼き屋に命をかけている春弥だったが、午後一時には教室を離れると決めているらしい。

その目的はもちろん、藍川さんが出演する劇を見にいくためだ。

「絶対に来るなって言われてたのに」

「あれは絶対に来いって意味だろ」

「……藍川さん、怒るだろうなぁ」

はあ、と僕はため息をつく。

藍川さんが顔を真っ赤にして春弥に怒っている姿が目に浮かぶ。それを見て、佳乃と僕は顔を見合わせ笑うのだ。

藍川さんには申し訳ないけれど、その光景は、どこか僕をほっとさせてくれるのも事実だった。

当たり前の日常。

これまでと変わらない日々。

このところ僕は、そういったものを毎日の中につい探してしまう。

それは多分、佳乃に対する正体不明の違和感を打ち消したいから。

今日も佳乃の頭上のマークは、白飛びするほどからっぽだ。

そこで気付く。先ほどのスマホのライトの光は、佳乃が放つものにそっくりだったのだと。

「いや、違う。違うだろ」

からっぽで白飛びしている眩しさと、光を放つ眩しさ。

性質のまったく違うそれらを、似ていると思うだなんて。

「佳乃ー！　ちょっとこっち手伝ってくれる？」

「はーい！　いま行くね！」

――大丈夫。

佳乃は、いつもと変わらぬ様子で教室内を駆け回っている。

佳乃の手首には、水色ビーズのブレスレット。

クラスの女子たちの手首にも同じものが巻かれている。

それらはすべて、佳乃が買ってきたものだ。

なんでも、団結力を高めるためだとかなんだとか。

「絃は今日、何時から？」

たこ焼きのピックを器用に操る春弥の質問に、黒板上に掛けられた丸い時計を見上げる。

現在は午前十時。外部の客が、少しずつ増え始めた時間帯だ。

「後夜祭の前、四時から」

放送部による特別番組。全校のスピーカーから流される予定のそれは、藍川さんが作ったポスターにより、校内の誰もが知ることとなった。

メッセージの締めきりである昨日は、箱には溢れんばかりの投稿用紙が届いた。今日はその中からランダムに引いたものを、放送で紹介することになっている。

なんでも保険をつくるタイプの僕は、ある程度どれを読むか決めておいた方がいいと提案した。だけど佳乃が『生放送ならではのスリルと楽しみがあった方がいい』と言ったのだ。

「絶対に聴くから。頑張れよ」

春弥の激励に、僕は笑いながら「頑張るのは佳乃だけど」と返す。それからもう一度、教室内を忙しなく動き回る佳乃へ目をやった。

ぱちりと彼女と視線が重なる。

佳乃は歯を見せて僕に笑うと、軽やかに手を振ったのだった。

校内の喧騒《けんそう》が嘘のように、放送室には静寂が広がっている。

外の世界とは切り離されたように感じるこの空間に、僕はずっと救われてきた。

ひとりになれる、安心できる場所。

それがいつからか、佳乃がいて、藍川さんや春弥が訪れて、賑やかに過ごす楽しい場所へと変わっていった。

ちゃぽんと後ろで、アピールするように亀吉が音を立てる。

「忘れてないよ。お前もな」

水槽《すいそう》へ向かい、パラパラとエサを撒く。

底の見えない小さな池で、苔かなにかを食べていた亀吉も、いまではすっかり綺麗な水槽の中で〝亀のエサ〟を食べる生活が当然になっている。

「色々なことが変わったな――」

ふと、佳乃が以前言っていた台詞を思い出す。

『絃くん、変わったよね』

あのとき僕は、佳乃も変わりたいと思うことがあるのかを尋ねたのだ。

彼女は一瞬、真剣な表情で『変わりたいと思うよ』と答えたのではなかったか。

すぐにいつもの調子に戻り、おどけて笑い合ったけれど。

「いや、よくない。考えるのはやめよう」

ここ最近の僕は、どうにも不安感に呪われているみたいだ。

さっきだって、佳乃の頭上のマークはいつもと変わらなかったじゃないか。

心配なんていらないのに、過ぎ去った日々に置いてきたはずの小さな違和感を拾い集めては、その真意を必要以上に掬い取ろうとしてしまう。

不安というものはひとつ抱えると、色々なものが重なって、事実以上に大きくなってしまうこともある。

窓の向こうに目をやれば、今日は快晴。

こちら側の校舎は文化祭でも使われていないため、いつもと同じようにひっそりとしている。

青い空の下、渡り廊下は僕と同じように、佳乃の訪れを心待ちにしているように見えた。

――ところが。

放送開始五分前になっても、佳乃がその廊下を渡ってくることはなかった。

『宮上《みやかみ》高文化祭へようこそ。ここからは宮上高校放送部が、文化祭特別番組をお送りします』

校内のスピーカーからは、僕の声が響いていた。

時間になっても、佳乃はここへやって来なかった。

スマホに連絡を入れても、反応はひとつもない。

もしかしたらたこ焼き屋が大繁盛で、それどころではないのかもしれない。

新たな不安が生まれそうになった僕は、そう思うことで自分を落ち着かせた。

そして、意を決してオンエアのスイッチを入れたのだ。

『宮上生のみなさん、たくさんのメッセージありがとうございました。今日は音楽と一緒に、たくさん紹介していこうと思います』

自分がこうして、マイクの前でしゃべる日が来るとは思わなかった。

だけど思ったよりも自然に言葉が出てくるのは、毎日のように佳乃が話す姿をすぐそばで見ていたからだろう。

一緒にいないときでさえ、彼女の存在は僕を支えてくれる。

『それじゃ早速一通目。ペンネーム・ハナカナのカナさん。〝今日は大好きな友達の誕生日。おばあちゃんになっても、ハナと親友でいられますように〟』

テーマに沿った、みんなの願い事がボックスの中には詰まっている。

こうしていると、しゃべったこともない、顔も分からないハナカナのカナさんを身近に感じる。きっとふたりはとても仲が良くて、いまも一緒に文化祭を回っているのかもしれない。

不意に春弥の笑顔が浮かんで、僕は思わず苦笑いをする。

「それでは続いてのメッセージは――」

そうして僕は、たくさんの人々の願い事を紹介していった。

内容は実に様々。

雑談みたいな軽いものから、ちょっとしたお笑いのネタのようなもの、両親や先生への感謝など感動的なものまで。

さっきなんて、ラブレターの代読までしてしまった。

どうやら以前今村さんが紹介した、友達だと思っていた相手を好きになってしまった子からのものだったようだ。やっぱり今村さんの言葉が、その子の背中を押したのだろう。

自分では言わないような甘酸っぱい言葉をマイクを通して発するのはなんだか気恥ずかしく、だけどこの放送が彼らの人生を左右するかもしれないと思うと自然と背筋が伸びた。

「ふう……なんとか回せてるかな……」

曲を流している間だけは、こうして息をつくことができる。

少しリラックスした僕は、ポケットからスマホを取りだした。

佳乃からの返事はないが、代わりに春弥からの連絡が入っている。

『紘、すごいじゃん！　放送、すげー盛り上がってる！』

一緒に送られてきた動画を再生する。春弥が教室内を撮ったもので、メッセージ内容にどよめいたり、流した音楽で体を揺らすクラスメイトたちの姿が映っている。

それは、僕の心を明るく照らす。

やっぱりこうしていても、みんなの頭上のマークは見えてしまう。

楽しそうにしていても、消滅願望を光らせているひともたくさんいる。

だけど、それだけがすべてじゃないと分かったから。

「それにしても、佳乃はどこにいるんだろう」

動画の中にも、佳乃の姿は見当たらない。

色々な役割を担っている彼女のことだ。クラスメイトや教師に捕まって、身動きが取れなくなっているのかもしれない。

春弥に聞こうと文字をタップするも、曲終わりが近付いていることに気付いてスマホをしまう。

「んんっ」と喉を整えて、僕はマイクをオンにした。

『生放送、楽しんでもらえてますか？　あっという間に、お別れの時間が近付いてきました』

生放送に設けていた時間は、一時間弱。

早く佳乃が来てくれないかと待ち続けてはいるものの、始まってしまえばあっという間だ。必死だったせいかもしれない。

『最後のメッセージです』

そう言った僕は、投稿用紙がたくさん入ったボックスに手を入れた。

ガサガサとかき回し、一枚を引き当てる。

それは、ひどくシンプルな一枚だった。

『〝消えたいと思うひとが、いない世界になりますように〟』

名前の欄《らん》には、シバカノの文字。

聞き覚えのあるペンネームに、どくんと心臓が大きく揺れる。

僕は不意に、顔を上げた。

窓の向こう。渡り廊下に、空を仰ぐ佳乃の姿があった。

頭上のマークは、今日だって強く白い光を放っている。

――そう、光を放っているのだ。

なんで、気付かなかったんだ。

ずっと引っかかっていた違和感の数々。

佳乃を知れば知るほどに、僕が思っていた彼女の姿は輪郭がぼやけていった。

だけど真相は、本当の彼女は、いつだって僕の隣にいたというのに。

体中の細胞が、ざわざわと蠢《うごめ》いている。酸素が薄くなったように感じ、気を抜けば床へ崩れ落ちてしまいそうだ。

僕は深く息を吸い込み、窓の向こうをもう一度見つめた。

そのままひとつ息を吐きだし、マイクを握る。

数十メートル先にいる、彼女に届くようにと願いながら。

『――僕たちが生きてる限り、そんな世界は訪れない』

キィンと一瞬、スピーカーから高い音が上がる。

ぼうっと空《くう》を見つめていた佳乃の体が、ぴくりと動くのが見えた。

ずっとずっと、考え続けていた。

佳乃のマークは、どうしていつも変化しないのか。

悩みを抱えていない自分を演じていると自覚している彼女のマークが、なぜ白飛びするほどにからっぽなのか。

だけど、そもそも最初から間違っていたんだ。

『所詮、綺麗事なんだ』

いつだって、人間を傷つけるのは人間で。

生きているから、悩み苦しみ、もがき続けて。

その苦しみから逃れる権利を、誰も奪うことなんてできないはずで。

『命を大事にしなきゃいけませんとか、毎日を精一杯に生きましょうとか』

声が震えそうになって、僕はぎゅっと奥歯をかんだ。

なんだよ。こんなに近くにいたはずなのに。

心から、彼女を支えたいと思っていたはずなのに。

結局僕は、なにも見えてはいなかった。

なんにも分かっていなかったんだ。

『――そんなの、くそくらえだ』

そう言い放った僕は、そのまま放送室を飛びだした。

「佳乃！」

誰もいない渡り廊下。

その手すりから身を乗りだそうとしていた彼女の細い腕を、すんでのところで強く引く。

その勢いで、僕らは地面へと倒れ込んだ。

僕の腕の中で、佳乃は小さく震えている。

心臓が全速力で鼓動を刻む。カタカタと、僕自身奥歯が鳴りそうになるのをぐっと堪える。

自分を落ち着かせるため、ひとつ深呼吸をする。

「佳乃——」

彼女の頭上のマークは、こんなときでさえ直視できないほどの白い光を放っている。

佳乃の消滅願望はからっぽだったわけじゃない。

強く強く、白飛びするほどに誰よりも強く、彼女は願っていた。

——誰よりも消えたがっていたのは、一番近くで笑っていたきみだったんだ。

「……佳乃、ごめん」

僕の言葉に、佳乃は俯いたままふるふると首を振る。その度、アスファルトに水滴が跡を作る。

「やだよ……見ないで……こんな弱いわたし、見られたくない……」

小さく泣きじゃくる佳乃に、息が苦しくなる。

「失望されたくないの……、嫌われたくない……」

そのとき、僕は理解した。

佳乃は、母親に捨てられたという思いを抱え続けていた。そんな自分を、ずっと許せずにいたのだ。

「わたしが弱いから、お母さんはいなくなったんだよ……。こんなわたしだから、お父さんだって顔を合わせたくないんだよ……」

――だから、変わりたかった。

――だけど、変われなかった。

僕は彼女の正面に膝をつき直すと、震える両手をそっと握る。

一瞬驚くように僕を見た佳乃は、それからすぐに視線を外した。血色がなくなるほど強く唇をかみしめる佳乃に、僕はゆっくり声をかける。

「いいじゃないか、弱くたって」

「だって……！」

佳乃はバッと顔を上げると、僕の目を強く見る。

「消えたいなんて、死にたいなんて……思っちゃいけないんだよ……！　ひとつしかない命だから、大事にしなきゃいけない……こんな弱い自分、許しちゃいけないんだよ……！」

いますぐ消えてしまいたいという願いも、この言葉も、きっとどちらも本当の佳乃の思いだ。

そんな矛盾する気持ちをひとりで抱えた佳乃は、どれほど苦しんできたのだろうか。

孤独や苦しみを箱に入れて、鍵をかけて、奥底に押しやって。

そうやって我慢して我慢して、必死に自分の感情をコントロールしようと踏ん張って。

それが、ふとした瞬間に溢れでてしまうのかもしれない。

――たとえば、周りがお祭り騒ぎになっている中で強く孤独を感じてしまった瞬間とか。

「佳乃が許せなくても、僕が許すよ」

声が震えて、僕は喉のあたりにぐっと力を込める。

消滅願望が見えるはずの僕は、実際はなにも見ていなかった。いや、見ようとしていなかったのだ。

それが悔しくて、情けなくて、やるせなくて。

佳乃に消えてほしいだなんて、思うわけがない。

生きていてほしい。

自ら消えることを、選んだりしないでほしい。

だけど、それが佳乃にとって本当に幸せなのか分からない。

「……紘くん、が？」

不意を突かれた表情の佳乃の瞳からは、いくつも涙が溢れ続けている。

これまで彼女が、僕の前で涙を見せたことなどなかった。

いつだって強くいようとして、前を向こうと頑張って、負の感情を押し殺して笑顔を見せてきた佳乃。

そんな彼女の心は、もう壊れる寸前なのかもしれない。

いや、もうすでに一度、壊れてしまっていたのだろう。

――川で出会った、あの夜に。

――僕が助けてしまった、あのときには。

「……消えたらいけないなんて。消えたいと思っちゃいけないなんて。そんなの、名前も知らない誰かが勝手に決めたことだ」

あるべき姿、正しい価値観、みんなと同じ思考回路。

僕たちはそういうものを、幼い頃から刷り込まれてきた。

それだけが正解だと、なんの疑問も持たないままに。

「人生、いろんなことがある。つらいこともある、苦しいことだってある。その中で、消えたいと願うことだってあっていいんだ。生きてるんだから」

佳乃はずっと、自分の消滅願望を消し去りたかった。

だから『生きていればいいことがある』なんてわざわざ口に出していた。

人生観を変えるために、様々なことをした。

命があることに感謝するために、悲しい結末の映画を選んで見た。

生きていると肌で感じたくて、スリルを求めた。

佳乃はきっと、生まれ変わりたかったのだ。

ずっと演じてきた、〝理想の自分〟に。

「なあ、佳乃」

解放してあげたかった。

自分自身を、許してあげてほしかった。

「生きるも消えるも、佳乃が決めていいんだよ」

そう言った瞬間、僕の瞳からも一筋涙がたまらず滑り落ちた。

「紘……くん……」

本音だよ。

本当にそう思ってるんだ。
佳乃の人生なんだ。自分で決めていいんだ。
人生は一度きりっていうのだから、佳乃の選択を尊重したいんだ。
この世界にさよならを、と彼女が望むのならば。
――それでも、やっぱりさ。
「……だけど、消えてほしくない」
ぽとりと落ちる、小さな呟き。
かっこ悪い。どこまでもかっこ悪いな。
だけどさ、大事なことくらい伝えさせてほしいんだ。
知らないだろう？
世の中に絶望していた僕が、きみのおかげでどれだけ救われたかってこと。
色を失った僕の毎日に、きみが彩りを取り戻してくれたってこと。
消えたいと願った僕の手を引いてくれたのは、他でもないきみだったんだ。
「佳乃は、佳乃のままでいいから……」
そう言って、僕はそっと彼女のことを抱きしめた。
頬に感じる、彼女の呼吸。
首筋に滲む、彼女の涙。

掌《てのひら》を通して伝わる、彼女の体温。

——生きている。

生きているから苦しくて、生きているからつらくって、生きているから孤独を感じる。

ぎゅっと強く力を込めると、彼女の両手が僕の胸元をそっと握る。

やがて小さい子供が親を求めるように、その指先には力が加わり、彼女は嗚咽《おえつ》をこぼし始めた。

それは、佳乃の『生きたい』という叫びの表れ。

「わたし……、こんな弱いんだよ……」

「誰だってみんな弱さを持ってる」

「消えたいって、きっとまた思っちゃう……」

「そのときはまた、考えてみればいい」

理想の自分と、実際の自分の落差を目の当たりにして、佳乃は何度も絶望してきたのだろう。

「弱い自分も、認めてあげていいんだ」

「いいの……？」

「そんな自分も、大事にしてあげていい」

「……でもわたし、生きる理由も見つけられてない」

苦しそうにそう呟いた佳乃の手を、僕はもう一度強く握った。

「そんなの――」

いつから僕らは生きることに、理由が必要だと思ってしまったんだろう。

そんなことを考えもせず、みんなこの世に生まれ落ちたのに。

「そんなの、本当に必要なのかな」

日々を重ねていく中で、たくさんのひとと出会う中で、色々な経験をする中で。

誰かの正論を、正義かのように刷り込まれてきた僕ら。

意義がなきゃいけないとか。

意味があるからこそ尊いとか。

この地球上に生きてる、顔も知らない誰かをおもんぱかれとか。

だけど本当は、もっともっとシンプルで。

そんなの全部、手放してもいいはずなんだ。

「生きる理由なんて、そんな大袈裟なものじゃなくていいんじゃないかな」

僕の言葉に、ゆっくりと顔を上げる佳乃。

「たとえば……」

僕は少しだけ考えを巡らせて、それから佳乃に首をすくめてみせる。

「あそこのラーメンが食べたい、とか」

生きるとか死ぬとか。

意義とか夢とか。

そんな大袈裟なことじゃなくていいんだ。

「夜のプールに忍び込みたい、とか」

もっと身近で、もっと自然で。

それだけで、きっと本当は十分で。

僕をまっすぐに見つめていた佳乃は、そこでふっと肩の力を抜き、口を開いた。

「バイクに乗って、学校の窓ガラスを全部割りたいとか……？」

そう言った彼女を見て、僕ははっと目を見張る。

佳乃の頭上。強すぎた閃光が、その力を弱めていくのが分かったから。

少し鼻を擦った佳乃は、泣きながらもいたずらっぽく小さく笑った。

「紘くん、一緒にやってくれる？」

本当なら、バイクや窓ガラスの件は遠慮したいところだ。

だけど――。

「どうしても、って佳乃が言うなら」

目が痛くなるほどに真っ白い光を放っていた彼女のマークが、徐々に柔らかな黄色へと変化していく。

それを見て、やっぱり僕も泣きながら笑ったんだ。

エピローグ

トラウマというものは、心に色濃く残るものだ。

克服したと思っていても、瞬間的にそれが心を覆ってしまうこともある。

たとえばいまの僕のように、かつての友人と遭遇してしまったときとか。

「──あ、絃」

休日の駅前広場。

冷たい風に、コートのファスナーを顎まで上げたときだった。

目の前で不意に足を止めたそのひとは、戸惑いながらも僕の名前を口にした。

「山田……」

「久しぶり。卒業以来かな」

隣町の高校の制服に身を包んだ彼は、中学の頃に比べてずいぶんと背が伸びていた。

しかし彼を纏《まと》う穏やかな空気は変わらぬままだ。

中学時代、とても仲が良かった山田。

消滅願望が見えるようになったばかりの頃、それをすべて点灯させていた山田。

気にかけすぎた僕に対し、『鬱陶しい』と言った山田。

こうして会話をするのは、あの日以来のことだ。

「俺、いまから部活でさ。絃は待ち合わせ？」

「ああ、うん。まあ……」

「そっか」

僕はもう、あの頃の自分とは違う。それでも過去のわだかまりを洗い流して、自然な会話ができる域には、まだ達していないみたいだ。

山田は少し気まずそうに視線を揺らしたあと、「じゃ俺、行くわ」と不器用な笑顔を作って背を向けた。

「……山田！」

そんな後ろ姿に向かって、思わず声をかける。

緊張で手のひらに汗が滲む。それをぎゅっと握り潰し、僕は正面から山田を見た。

「元気……？」

それは当時、僕が一日に何度も山田にかけていた言葉だった。

あの頃は、彼の消滅願望が気になって仕方なくて。

悩みがあるのならばなにか力になりたくて。

だけどうまい言葉が浮かばなくて、その質問ばかりを繰り返していた。

一瞬驚いたような表情を見せた山田は、なぜか泣きだしそうな顔をする。

「ごめん、紘」

山田は体の向きをこちらに戻すと、僕に向かってそう言った。

「俺の家、色々あってさ。あの頃、本当に毎日しんどくて。だけどそれを周りには悟られたくなくて。気にかけてくれてた紘に八つ当たりした。本当ごめん」

そのまま山田は、頭を下げる。

そんな僕らの周りを、たくさんの人々が通り過ぎていく。

「――僕も。僕もごめん。山田のこと、追い詰めるようなことしてた」

山田は泣き笑いのような顔のまま、そんなことないと首を横に振る。

「あんなこと言ったけどさ。紘が声をかけてくれなかったら、俺多分、どうしようもなくなってたと思う」

記憶の奥に沈めていた塊《かたまり》が、ゆっくりと溶けていく。

あのときの僕は、そのときにできる精一杯のことをしていた。

それは間違いだったと思ってきたけれど、そうじゃなかったんだ。

「ありがとう、紘」

今度は僕の表情が、泣き笑いに変わっていく番だ。

目元を少しだけ赤くした僕らは笑い合って、お互い照れくさくなって鼻先をかいた。

「じゃ、今度こそ行くわ。また連絡するから、近況聞かせてよ」

「分かった。山田も部活頑張ってな」

僕の言葉に、山田は軽く手を上げて駅へと消えていった。

同じように上げた右手をそっと下ろすと、しゅわりと頬に冷たさが滲む。

雪が降るかもしれませんと、今朝のニュースで言っていたのを思い出す。

白い空からちらりちらりと舞い落ちる、小さな雪たち。

「絃くんごめん！　待たせちゃった？」

視線を戻せば、先ほどまで山田が立っていた場所に、佳乃の姿があった。

ベージュのあたたかそうなコートが、とてもよく似合っている。

「いや、待ってないよ」

「よかった。雪、降ってきたね」

「ウィンターマーケットにはもってこいなんじゃない？」

僕の言葉に、佳乃は「たしかに」と嬉しそうに肩をすくめる。

一年前までは、近付くことさえためらっていたウィンターマーケット。今年は、春弥と藍川さんと四人で行く約束になっている。

「それじゃ、行こうか」

「え？　春弥くんたちは？」

歩きだそうとした僕に、佳乃は首を小さく傾《かし》げる。

「電車が遅れてるから先に回ってて、だってさ」

先ほど届いたメッセージを佳乃に見せる。どうやらいまも、春弥と藍川さんは一緒にいるみたいだ。

それを話すと、佳乃は嬉しそうに顔をにんまりとさせた。佳乃曰く、ふたりはお似合いだそうだ。僕にはよく分からないけれど。

「じゃあ、ゆっくり合流すればいいね」

そう言った佳乃は、ステップを踏むように僕の隣に並ぶ。

「そういえば、ウィンターマーケットに紘くんのお姉さんのキャンドル屋さんも出てるんだっけ？」

「この間、そう言ってた」

「会えるの楽しみだなぁ」

姉は少し狭い家に引っ越しをして、いまでも店をひとりで続けている。

今日行くことは伝えていないから、顔を見せたらきっと驚くだろう。そして佳乃を見たら、すぐに僕がキャンドルをプレゼントした相手だと気付きそうだ。そういうところ、変に鋭いから。

家族に佳乃を紹介するのは、照れくさくて、だけどどこか嬉しさもある。

「お父さんにね、キャンドル買いたいなって思って」

「誕生日だっけ」

「そう。プレゼントあげるなんて初めてだから、ちょっと緊張するけど」

「絶対喜んでくれるよ」

僕の言葉に、佳乃は少し頬を染めて笑う。

彼女自身の大きな一歩により、今村家にもささやかな変化が起こり始めているのだ。

「人混み、大丈夫そう？」

おしゃれで賑やかなウィンターマーケットは、今年も人出が多い。

眉を下げた佳乃に、僕は笑顔で頷き返す。

美しくライトアップされたゲートを見れば、その下を行き交う人々の頭上の黄色いマークが、ちらほらと揺れている。

それでも以前のように、苦痛に顔を歪めることはもうない。

これからも、そのときどきの僕にできることを、やっていけばいいと分かったから。

鈴の音が交じる、軽快な音楽。

キラキラと輝くイルミネーション。

おいしそうな食べ物やドリンクに、楽しそうに過ごす人々。

隣には、瞳を輝かせる佳乃がいる。その頭上のマークは、今日もやっぱり光っている。柔らかな、ほんのりとした、黄色い明かりが三つ点灯。

僕はそっと、そんな彼女の手を取る。

驚いたように顔を上げた佳乃は、それから頬を赤らめて柔らかく笑う。

三つのうちのひとつのマークが、フッとその明かりを消した。

きっと誰でも、消えたいと願うことはある。
苦しくてどうしようもなくて、すべて終わりにしたいと思うことだってあるだろう。
だけどさ――。
どうかどうか、忘れないでいてほしい。
ただそこにいるだけで、きみはきっと誰かの光だ。

書き下ろし番外編　強がりなヒーロー

『藍川さんの声が、とても好きです。

ラジオネーム：ヒーロー』

――何これ。

放送室のリクエストボックス。

机の上に広げた中の一枚を広げたまま、わたしは固まった。

藍川菜穂、高校二年生。

先輩たちが引退した今、この学校でたったひとりの放送部員だ。

「新手《あらて》の嫌がらせ……？」

ドキッとしたのは事実。

だけどそれで浮かれるほど、わたしは素直な人間じゃない。というか、自分にそんなメッセージが来るなんて信じられない。

きょろきょろと、誰もいない放送室内と見回す。

もしかしたら、罰ゲームみたいなものだったりするかも。

こういう手紙を入れて、そわそわするわたしを誰かが見ているとか。

「なんて、考えすぎかな」

被害妄想にとらわれる自分に気付いて、小さくため息をつく。

ドアはしっかり閉まっているし、いつもと変わったところもない。

隠しカメラという言葉が頭をよぎったけれど、それはドラマの見過ぎだろう。

ここの鍵は普段、顧問の柏谷先生が管理していて、放送部員以外がそれを手にすることはない。

――それじゃあ一体、このメッセージは？

眉を寄せたのと同時に、勢いよくドアが開く。

「遅くなってごめん！」

はあはあと息を切らせているのは、三年生の春弥先輩だ。

「あの、ごめんも何も」

「補講が長引いちゃってさあ！　でも聞いてよ、この間の模試、点数ちょっと上がったんだ！」

「それはよかったですけど……」

「菜穂ちゃんさ、国際大行きたいって言ってたじゃん。俺もそこ志望校にしようと思ってて」

「でもわたし、まだ受験は先ですよ」

「だけどそこ受けるっしょ？」

「今のところはそう思ってますけど……というか、なんで毎日ここに来るんですか？」

「絃たちの志望校も国際大と近いんだよね。一石二鳥だよなあ！　また四人で遊びやすいし！」

今日も彼は、わたしの言葉を聞いているようでまったく聞いていない。

元バスケ部で、明るくて人懐っこい春弥先輩。

学年が違っても、誰もが知っているような人気者。

そんなひとと自分が、こんな風に話す日が来るなんて一年生の頃は想像もしていなかった。

「毎日のようにここに来て、予備校はいいんですか？」

「平気！　七時からだから、部活終わってから向かえば間に合うし」

「いや、バスケ部引退してますよね？」

「部活って、いまのことね。放送部」

「いやいや、春弥先輩は放送部じゃないでしょ」

「いいじゃん細かいことは。柏谷先生もいいよーって言ってたし」

「受験勉強した方がいいと思いますけど」

「俺を舐めてもらっちゃ困るよ、菜穂ちゃん。意外と成績上がってきてるんだって、俺」

誇らしげに胸を張る春弥先輩に、小さく息をつく。

わたしと彼には、もともと直接の接点なんかなにもなかった。

わたしが一番苦しかったときに、救ってくれた紘先輩と佳乃先輩。

そのふたりと仲が良かったのが春弥先輩で、なんとなく四人で過ごすことが増えていまに至る。

ただそれだけの関係だ。

「春弥先輩って、ずっと春弥先輩のままって感じですね」

「どういう意味？　俺は俺ってこと？」

質問はしてきたものの答えなんか必要としていない春弥先輩は、鼻歌交じりに棚の上の水槽を覗き込む。

そこにいるのは、放送部のマスコットキャラクターとなったカメの亀吉。

「腹減った？　エサ食うか？」と、春弥先輩は亀吉に声をかけている。

そんな横顔を、そっと気付かれぬように盗み見る。

今日もぴょこりと跳ねている、地毛だという茶色い髪の毛。

くるりとした瞳は、いつだって疑うことなく目の前のことを見つめていて。

整った顔立ちと、犬のように人懐っこい性格。

老若男女《ろうにゃくなんにょ》問わずに好感を持たれることは、彼に与えられた運命みたいなものなんだろう。

実のところ、わたしは彼のことをちゃんとは知らない。

だって春弥先輩は、わたしが一方的に彼を知っていた頃の印象と、顔見知りになってからのそれが全く変わらないひとだから。

知れば知るほどに見えてくるはずの、意外な一面とか、抱えているなにかとか、そういうものはひとつもない。

だからわたしは、このひとのことを実際には何も知らないんだと思っている。

佳乃先輩たちと四人で修行に行ったこともあるし、ウインターマーケットにも行った。

だけどいつまでも、わたしの中の彼の印象は変わらないままだ。

「わたしなら大丈夫ですから、春弥先輩は自分の予定を優先させてください」

「俺の予定はここに来ることだってば」

春弥先輩はにかっと笑うと、わたしの向かい側の席に腰を下ろした。

バスケ部を引退した彼が、毎日のように放課後、放送部にやって来る。

それは、わたしがひとりぼっちで寂しい想いをしないようにだ。

ただひとつ言えるのは、相手がわたしだからというわけじゃないこと。

ここにいるのが誰であったとしても、彼はこうして手伝ってくれるはず。

それが春弥先輩というひとだから。

「俺が来たくて来てるんだから、それでいいっしょ」

「物好きですね」

「菜穂ちゃんといると、癒されて元気もらえるんだよね」

「またそうやって、適当なこと言って」

「本当、菜穂ちゃんは俺の言葉信じないよなあ」

「日頃の行いのせいだと思いますよ」

「今日も変わらず辛辣だな～！」

そう言いながらも楽しそうに笑う春弥先輩。

こんなやりとりも、いつからかお約束のようになってしまった。

だけど、どこか心地いいのも事実。

先輩なのに、みんなが憧れるようなひとなのに、彼はいつも自然体で。

だからわたしも、飾ることなくそのままの自分でいられる。

「今日もメッセージたくさん来てるじゃん」

机の上の紙に手を伸ばす春弥先輩。

やっぱり今日も、集計などの作業を手伝ってくれるつもりみたいだ。

「ずいぶん少なくなっちゃいましたけどね」

「そ？　俺から見たら、変わらないけど」

春弥先輩はそう言うけれど、実際のところ、寄せられるメッセージの数はぐっと減った。

その理由は明らかで。

放送をするひとが、わたしに変わったからだ。

絃先輩と佳乃先輩が続けてきたお昼の放送は、学校でとても人気だった。

そんなふたりが引退して、いまはわたしがひとりで放送を流している。

基盤は先輩たちが作ってくれていたし、わたしはそれを引き継ぐだけでよかったはず。

内容だって、大きく変えたりなんかしていない。

それでもやっぱり、放送する人間が変わるとだめみたい。

どんなに頑張って真似してみても、佳乃先輩みたいに気の利いたコメントなんかできない。

どんなに必死に調べてみても、絃先輩みたいに幅広い年代やジャンルの曲の知識は広がっていかない。

それでも、お昼の放送は続けていきたい。

先輩たちが作り上げてきたものを守りたいし、自分なりに頑張ってやっていきたいと思っている。

たまに、弱音を吐きたくなることもあるけれど。

「紘たちが作り上げてきたものを、って言うけどさ。もっと菜穂ちゃんらしくやってもいいんじゃないかと思うけどね」

「わたし、お昼の放送が大好きだったんです」

そう口にすると、春弥先輩が手を止めてこちらを見るのがわかった。

わたしはあえて視線を合わせず、手元の用紙を揃えながら言葉を続ける。

「放送部に入りたいと思ったのも、先輩たちがいいひとたちだからっていうのもあったけど、それ以上にふたりが作るお昼の放送が好きだったんですよね」

もともとはバレー部に所属していたわたし。

だけどそこでの人間関係に疲れ、やっとの思いで退部したものの、そう簡単に日々に意欲的にはなれなかった。

部活をやめたって、学校に来れば嫌でもみんなと顔を合わせる。

そんな状況でも学校へ行こうと思えたのは、お昼の放送があったからだ。

「紘先輩の流す曲や、佳乃先輩の言葉たちに癒されたり勇気をもらったのはもちろんなんですけど。みんな、色々なことを感じたり考えたり、悩んだりしてるんだなって思えて」

放送部には様々な悩みや言葉が寄せられていた。

匿名だから誰なのかは分からない。それでも、みんな悩んだり立ち止まったりしているんだと分かってほっとした。

自分だけじゃない。

悩むのも、考えるのも、落ち込むのも、そして自分の足で踏み出そうとしてるのも。

そのことを、先輩たちのお昼の放送はわたしに教えてくれた。

「だからわたしも、そういう放送を目指したいんです。まだまだ力不足だけど」

つい語ってしまったことに気付いて、なんだか気恥ずかしくなる。

春弥先輩は「うん」と頷く。

それから一枚の用紙をわたしの前にすっと差し出す。

「実際に、菜穂ちゃんの放送に救われているひとだっているんじゃない？」

それは、すっかり忘れかけていたあのメッセージ。

――藍川さんの声が、とても好きです。

「う、うわあっ……！」

春弥先輩の襲来に、うっかりそのままにしてしまっていたらしい。

わたしは勢いよくその一枚を背中に隠すと、「いやこれは違くって」とあたふたする。

こんなの、絶対にからかわれるに決まってる。

『菜穂ちゃんもてるじゃん』とか『ラブレターじゃん！』とか。
だけど彼は、満足そうな顔で頷いた。
「ほら、菜穂ちゃんの放送もいいよって思っているひとがいるじゃん！」と。

□

『藍川さんの今日のコメントに、とても励まされました。
ラジオネーム：ヒーロー』

『今日の選曲、すごくよかったです。最近はお昼の放送が一番の癒しです。
ラジオネーム：ヒーロー』

『いつも言葉選びが優しいなと感じます。明日も楽しみにしています。
ラジオネーム：ヒーロー』

それから毎日のように、ヒーローさんからのメッセージは届くようになった。
わたしのことを肯定するようなものばかりだから、もちろん、放送では読んだりしない。

最初はなにか裏があるのかもなんて思ったけれど、春弥先輩に「熱心なファンがいるってことだよ」と言われ続けているうちに、このメッセージを素直に受け止め始めている自分もいた。


「どんなひとなのかな……」

自分の部屋で、ベッドの上にあおむけに倒れる。

枕元の棚の引き出しを開けて、クリップで止めたメモ用紙を取り出した。

ヒーローさんから届いたメッセージ。

なんとなく捨てられなくて、気付けばちょっとした厚みになるくらいになっていた。

「何年生なんだろう、性別は？」

ラジオネームから察するに、ヒロミさんとか、ヒロトさんとか？

どこにでもあるキャンパスノート。

その一枚を半分に切ったものに、シャープペンシルで書かれた文字。

これだけじゃ、相手の正体のヒントにもならない。

いや、匿名を使ってきているんだから、相手は素性を知られたくないのだろうけど。

「佳乃先輩も、こういうのもらってたなぁ……」

思い返せば、ファンレターのような、ラブレターのようなメッセージが佳乃先輩に届くことは何度かあった。

ファンレターと分かるとほっとして、ラブレターっぽい要素があるとむっとした顔をしていた紘先輩、おもしろかったな。

そんなことを考えていた矢先、スマホが着信を知らせる。

相手は、佳乃先輩だ。

時間は夜の十時半過ぎ。予備校が終わった頃だろうか。

「もしもし！」

慌てて出ると、向こうからは車の走る音や、雑踏と共に佳乃先輩の「やっほー」という明るい声が聞こえてきた。

やっぱり、まだ外にいるみたいだ。

『菜穂ちゃん、元気？　ごめんね、なかなか顔出せなくて』

「そんな！　先輩たちは引退したんだから当然です！」

同じ学校にいるはずなのに、部活という接点がなくなっただけで顔を合わせる機会がずいぶんと減った。

それでもこうして気にかけてくれる優しさが、とても嬉しかった。

佳乃先輩は先ほど予備校が終わり、帰り道とのこと。同じところに通う紘先輩も一緒みたいだ。

そんなふたりの時間を邪魔するのは気が引けたけど、先輩たちが恋しかったのも事実なので、そのまま通話を続けさせてもらう。

『ひとりでのお昼の放送も、ずいぶん慣れて来た感じだね。今日の選曲もすごくよかったって絃くんも言ってるよ』

「本当ですか!? よかったー」

スピーカーの向こうからは『昭和ロックを入れてるの、最高だった！』という絃先輩の声も聞こえてきて、自然と笑顔になる。

懐かしい。

放送室で、いつも三人でわいわいと放送の内容を決めて。

しばらくするとバスケの練習を終えた春弥先輩がやって来て、一気に騒がしくなって。

「寂しいなぁ……」

無意識にそんな言葉が滑り落ち、わたしは慌てて口を覆う。

こんなことを言っても、先輩たちを困らせるだけなのに。

スピーカーの向こう、佳乃先輩の優しい声が響く。

『大丈夫だよ菜穂ちゃん。ひとりじゃないから。わたしたちもいるし、春弥くんもいる』

その言葉は、じんわりと胸の奥に染みわたっていく。

先輩たちが放送室に顔を出さないのは、けじめをしっかりとつけるひとたちだからだ。

〝引退した自分たちがいたら、菜穂ちゃんらしい放送ができないから〟と、あえて放送室には足を運ばないようにしている。

それは、春弥先輩がこっそりと教えてくれたことだ。

ちなみに彼自身は放送部の先輩ではないから来てもいい、という解釈とのこと。

なんというか、春弥先輩らしい。

『今まで通りの放送をやらなきゃなんて、思わなくていいんだよ』

佳乃先輩の声は、いつでも優しくて、心にスッと寄り添ってくれる。

『それに、菜穂ちゃんの言葉を待っているひとだって、きっといると思うんだ』

「わたしの言葉を……」

そう繰り返しながら、あいている手はクリップで束《たば》ねられたメモを触っていた。

ラジオネーム、ヒーローさんから届くメッセージ。

いつでもわたしを肯定し、応援してくれる言葉たち。

最初に届いた日から、一日も欠かすことなくボックスの中に入っている。

いつしかそれは、わたしの心の支えになっていた。

『あ、春弥くん！』

するとスピーカーの向こうで、佳乃先輩が彼を呼ぶ声が聞こえた。

先輩たちが予備校に通い出して少しした頃、春弥先輩も同じところに行き始めた。

わたしが見る限り、春弥先輩は紘先輩のことを好きすぎると思う。

だからこそ、ちょっとだけ意外だった。

春弥先輩の第一志望の大学が、紘先輩たちが目指しているところと違っていたことに。

電波の向こうでのやりとりは、自分とは違う世界で起きていることのように感じる。

たった一学年の違いだけど、受験生とそうじゃないわたしでは、見ているものものきっと違うんだろう。

『菜穂ちゃーん！　おつかれーっ！』

小さな寂しさに気付いたとき、あっけらかんとした元気な声が響いて、わたしは思わずスマホを耳から少し離した。

さらにはいつの間にか、テレビ通話に切り替わっている。

画面の向こうでは満面の笑みの春弥先輩が、こちらに向かって手を振っている。

『春弥くん、勝手にテレビ通話にしちゃだめだよ。相手の都合も聞かないと』

『本当に春弥はデリカシーがない』

『えっ、そーゆーもん？　菜穂ちゃん、いま無理？』

わたしは画面を切り替えていないから、向こうには黒い画面しか映っていないはず。

だけど見慣れた三人の姿が現れて、芽を出した寂しさはあっという間にどこかへ飛んでいく。

「本当、春弥先輩は相変わらずですね」

笑いながら、こちらのカメラをオンにする。

画面の向こうの三人が「あっ！」と言って、笑顔になる。

『ほら、こうした方が寂しくないじゃんね！』

白い歯を見せてにかっと笑う春弥先輩。

心の奥が、明るい光で照らされていく。

ああ。

やっぱりこのひとは、いつ接しても、誰といても、どこまでも春弥先輩のままなんだ。

□

「みなさんこんにちは！　お昼の放送を始めます。今夜はいつもよりも月が大きい、スーパームーンが見れるそうです。ぜひ見上げてみてください」

お昼の放送。マイクのスイッチをオフにして、一曲目を流す。

最近では、放送でちょっとした話題を入れるようにしてみた。

流星群が見えるらしい、とか。午後は虹《にじ》が見れるかも、とか。

気温と服装の話題とか、季節の植物についてとか。

佳乃先輩のように、心に寄り添うような言葉は言えないけれど、自分なりに心を癒してくれるようなことを、伝えたいと思うようになった。

一枚の用紙を、ポケットからそっと取り出す。

『最近、自然のことに興味を持つようになりました。藍川さんから影響を受けすぎているかもしれません。笑

ラジオネーム：ヒーロー』

「やっぱり、ヒーローさんは気付いてくれたんだ……」

わたしの小さなチャレンジも。心の変化も。

ヒーローさんは、それを見落とさずに掬い上げてくれる。

ご飯を食べながら、おしゃべりを楽しみながら、きっと多くの人たちが聞き流している、ただのお昼の放送。

だけどヒーローさんは、その時間を楽しんでくれている。

ヒーローさんの正体を知りたい。

本音を言うと、会ってみたい。

「ずるいよなぁ、わたしがヒーローさんになにかを伝えることはできないんだもん」

例えばこれが、音楽のリクエストメッセージだったら。

例えばこれが、わたしへの質問のメッセージだったら。

例えばこれが、放送テーマへの提案メッセージだったら。

わたしはヒーローさんの名前を出して、放送で自分の言葉を直接届けることができる。

だけどいつも、メッセージはわたし個人への感想みたいなもの。

さすがにそれを、お昼の放送で読んで返事をするわけにはいかない。

「ヒーローさんも、返事が欲しいわけじゃないんだろうな」

だからいつも、クエスチョンマークが入ったメッセージは届かない。

わたしからの言葉は、ヒーローさんには届かない。届ける機会がない。

「ひとことでもいいから、お礼が言えたらいいのに」

そう呟くと同時に、制服のポケットのスマホが小さく震える。
画面を開くと、春弥先輩からのメッセージが届いている。
『もしかして風邪気味？　放課後、軽音部のやつが愛用してるのど飴持ってく！』
放課後は放送室に来る春弥先輩も、昼休みはさすがにやって来ない。
紘先輩から、昼休み中の放送室への立ち入りを禁止されているからだ。
わたしが放送に集中できるようにという気遣いからで、それはとてもありがたかった。
春弥先輩に見られながらマイクの前で話すのは、なんだか落ち着かないから。
んんっ、と喉の調子を整える。
「声、変だったかな」
寝るときに薄着をしたせいか、確かに今朝は喉の調子がおかしかった。
だけどちゃんといつも通りに声も出るし、誰にも気づかれないと思っていたのに。
ふと、心の奥があたたかくなっているのに気付く。
そうか、確かに佳乃先輩の言っていた通りなのかも。
わたしは、ひとりじゃない。
放送部の先輩たちも、放送を楽しみにしてくれているヒーローさんもいる。
そして、なんだかんだと言いながら、春弥先輩がそばにいてくれるのだから。

「菜穂ちゃん、最近やたらとご機嫌じゃん？」

その日の放課後、宣言通りのど飴を持ってやって来た春弥先輩。

のど飴を早速舐めたわたしに満足そうな顔をしていたけれど、ボックスの中身がすでに整理されているのを見てからは唇を尖らせたままだ。

春弥先輩は、基本いつも明るくポジティブ。

だけど裏表のないひとだから、落ち込んだりつまらないときには、思いきりそれが顔に出る。

「別に、そんなことないですよ」

わたしの言葉にも、ふうん、と相変わらずの表情。

ここ最近は、春弥先輩が来る前にボックスの中身を確認し、ヒーローさんからのメッセージだけ制服のポケットに入れるようにしている。

その結果、ボックス内の仕分け作業はわたしひとりで終わってしまうことが増えていた。

それが、隠し事をしているように見えたのかもしれない。

「もしかして、前に来てたメッセージのおかげ？　毎日届いてるとか」

「そういうわけじゃないです」

「じゃあ、気になるひとが出来たとか」

「そんなこともないです」

ヒーローさんからメッセージが届き続けていることは、春弥先輩に知られたくない。

だって、なにか言われそうだし。

いらない誤解とか、されても困るし。

そこで、自分への疑問がふわりと浮かぶ。

——なんで？　なんで誤解されたら困るなんて思うんだろう。

ずっと開けてはだめだと言い聞かせていた心の奥の箱が、ゆっくりと開く音がする。

本当は、分かってる。

誤解されたくない理由なんて、ひとつしかない。

わたしは、春弥先輩のことが——。

「ない、ないない！　それはない！」

打ち消すように、思わず顔を横に振る。合わせて声も出ていたみたいだけど、そんなこと気にならないほどに、心臓がドキドキと鳴っている。

そんなこと、あっちゃいけない。

だって春弥先輩は、わたしのことをただのひとりの後輩としてしか見てなくて。

みんなから愛されている彼と、天邪鬼《あまのじゃく》なわたしが釣り合うわけなくて。

彼はわたしだけじゃなく、誰にでも分け隔てなく優しくて。

想いに自覚した瞬間、失恋が確定してしまうから。

傷つきたくない。

いまの関係を壊したくない。

だからこそ、この気持ちに名前が付く前に封印して、ずっとずっと奥底に沈めていたはずだったのに。

「……なにが？」

春弥先輩がまっすぐにこちらを見る。

その視線に耐え切れず、わたしは思いきり目を逸らした。

「なんでもないです」

「そんなわけないじゃん。なにかあるなら話してよ」

「春弥先輩には関係ないことですから」

「俺、菜穂ちゃんの力になりたいっていつも思ってるって」

「そういうこと言わないでください！」

動揺して、思わず大きな声が出る。

自分勝手だって分かってる。

春弥先輩は、適当にそんなことを言ってるわけじゃないことも知っている。

だけど、わたしにだけそう言うんじゃないことも、ちゃんと理解しているんだ。

勘違いしたくないから。

期待して、傷つきたくないから。

「春弥先輩といると、調子が狂うんです。部活だって集中してやりたいのに、先輩が来ると落ち着かなくて」

一緒にいると楽しくて、居心地が良くて、あたたかくて。

だけど同時に、わたしはいつも自分に言い聞かせなきゃいけなかった。

このひとだけは好きになったらいけないと、勘違いしたらいけないんだと、あえて冷めた態度をとってきた。

だけどもう、そんなことを考えている時点で、事実は明白だ。

「そっか……。ごめん、菜穂ちゃん」

はっと気づいたときには、もう遅かった。

春弥先輩は眉を下げ、それから笑う。

「俺、勢いだけで行動しちゃうとこあるからさ。俺がいなくたって、菜穂ちゃんは平気なのにな」

待って、という言葉は出なかった。

自分の言葉の過ちに気付いたって、時間を巻き戻すことはできない。

「はっきり言ってくれてよかった。ありがとう」

放送室の扉の向こうに消えた寂しそうな後ろ姿に、わたしはポケットの中の紙をぎゅっと握りしめることしかできなかった。

□

あれから、春弥先輩が放送室に来ることはなくなった。

お昼の放送中に毎日届いていたスマホのメッセージも、もう来ない。

予備校帰りの佳乃先輩からの通話にも、彼が登場することはなくなった。

「やっほ、菜穂ちゃん」

放課後、ひとりで放送室で作業をしていると、佳乃先輩がやって来た。

「わ、どうしたんですか？　予備校は？」

「へへ、今日はお休みなんだ」

「絃先輩もですか？」

「うん。いまは図書室で、春弥くんと勉強してるよ」

春弥先輩の名前が出たことに、心臓のあたりがぎゅっと苦しくなる。

これまでと変わらずに、彼は毎日を過ごしている。

放送室に来なくたって、彼には居場所も、そばにいてくれるひともいる。

そんな当たり前のことに、バカみたいに傷つくなんて。

佳乃先輩は「すでに懐かしい感じしちゃう」とはにかみながら、水槽に手を入れて亀吉の背中を撫でている。

「なんか、菜穂ちゃんに会いたくなっちゃってさ」

「佳乃先輩……」

どうしようもなく、泣きたい気持ちが込み上げてくる。

ひどい言葉で春弥先輩を傷つけて、この場所から追い出して、それなのに彼を恋しく思ってしまう身勝手な自分。

最近、自分のことが嫌いで仕方ない。

ふ、と微笑んだ佳乃先輩は、そのまま机の上へと目をやった。

「お、メッセージたくさん来てるねえ。どれどれ……」

佳乃先輩の指先が、ある一枚の用紙の上で止まる。

それに気付き視線を辿ると、そこにはヒーローさんからのメッセージがあった。

『今日もお疲れ様。そのままの藍川さんで、自信を持ってがんばれ！

ラジオネーム：ヒーロー』

「あ……」

小さな声が零れ落ちる。

春弥先輩がいた頃は、真っ先に確認してポケットに入れていたヒーローさんからのメッセージ。

だけどいまではそんな必要はなく、他のものと同じように机の上に出したままだった。

もちろん、家に持ち帰って大切に保管はしているけれど。

「きっとこのひとも、菜穂ちゃんにたくさんパワーをもらっているんだね」

「わたし、そんなすごい人間じゃないです……」

ヒーローさんの言葉は、本当に嬉しい。

力をもらっているし、自信にもなっている。

だけどそれと同時に、申し訳なくもなる。

だってわたしは、こんな風にまっすぐ応援してもらえるようなひとじゃないから。

自分勝手でわがままで、傷つくことを恐れて大切なひとにひどいことを言ってしまうような人間で。

涙が滲みそうになって唇を噛んで下を向く。

恥ずかしい。こんな自分、みっともなくて恥ずかしい。
「わたしも、そんな風に思ってたことあったな」
大切なものを思い出すようにそう言った佳乃先輩に、わたしはゆっくりと顔を上げる。
いつも優しくて前向きで、透き通った瞳の佳乃先輩。
そんな先輩にも、わたしの中に生まれたようなマイナスの感情を抱くことがあった
なんて。
だけどそれを中和してくれるのが紘先輩なのかもしれないと、そんなことを思う。
「彼は、〝菜穂ちゃんのヒーロー〟になりたかったんだろうね」
「え……？」
「器用なのか、不器用なのか。どんな形でも一番近くで、菜穂ちゃんを勇気づけた
かったんじゃないかな」
ヒーローさんからのメッセージを手にし、こちらへと見せる佳乃先輩。
その言葉と共に、用紙上の文字がくっきりと輪郭を持って目に映る。
特徴的な、角ばった文字。
頼もしく見える、力強い筆跡。
どうして気付かなかったんだろう。

この字によく似た文字を書くひとが、すぐそばにいたことに。

このひとが書いてくれる言葉と同じものを、直接伝えてくれる存在がいつも隣にいたことに。

「わたし、行ってきます……！」

いつだって、わたしを導いてくれるのは先輩たちで。

だけど一歩を踏み出すのは、壁を突き破るのは、他でもない自分自身だ。

──会いたい。

ひどいことを言って、傷つくのが怖くて信じなくて、ごめんなさいって謝りたい。

いつもそばにいてくれて、支えてくれて、たくさんの優しさをありがとうって伝えたい。

春弥先輩に、会いたい。

「行ってらっしゃい」と笑う佳乃先輩を残し、わたしは放送室の扉を開けた。

その瞬間。

「うわ！」

後ろ手にドアを閉めたのと同時に、思いきり誰かと正面衝突してしまった。

「すみませ──」

慌てて顔を上げたわたしは、息を呑む。

だってそこにいたのは、他でもない春弥先輩だったから。

目の前の彼は驚いた顔をしたけれど、すぐに姿勢を正すとわたしから一歩離れる。

そして、勢いよく両手を合わせた。

「菜穂ちゃん、ごめん！」

「えっ……」

「俺、単細胞だから、いっつも気持ちだけで先走っちゃって。菜穂ちゃんといると楽しくて、迷惑も考えず毎日放送部押しかけたりして」

「いや、あの」

「紘にもすげぇ怒られた。それで距離を置くとか、しばらく会うのも我慢しようと思ったんだけど、やっぱそういうのは性に合わないっていうか」

「えっ」

「やっぱ俺さ、菜穂ちゃんと話せないのとか嫌だからさ。仲直りしたいんだ！　本当ごめんなさい！　仲直りしてください！」

今度はそう言って右手を前にし、頭を下げた春弥先輩。

わたしはしばらく呆然として、それから吹き出してしまった。

仲直りって、わたしたちは喧嘩をしていたわけじゃないのに。

それにこのポーズ、まるで結婚の申し込みをしてるみたい。

もちろん、春弥先輩はそんなこと思ってもいないんだろうけど。

固くなっていた心が、ほろりほろりと柔らかくなっていく。

くすくすと笑ったわたしに、春弥先輩はそっとこちらを見上げた。

呼吸を整え、まっすぐに彼を見つめる。

今度はわたしの番だ。

「わたしも、ごめんなさい。ひどいこと言って」

ああ、素直になるって、本当はこんなにも簡単だったんだ。

いつだってまっすぐな春弥先輩に、同じようにまっすぐに向き合えばいいだけだったんだ。

そっと彼の右手を握ると、不安そうだった春弥先輩の顔に笑顔が咲く。

花開くみたいに、ぱぁっと。

それから春弥先輩は、もう片方の手でポケットから一枚の紙を取り出しこちらに差し出す。

「それから、これも謝らなきゃいけない。ごめん！」

丁寧にふたつに折られた、見慣れたキャンパスノートの一ページ。

『また、菜穂ちゃんに会いに放送室に行きたい。いいかな？

ラジオネーム：ヒーロー』

やっぱり、やっぱりそうだった。

ずっとずっと、わたしを応援してくれていたヒーローさんは、そばにいた春弥先輩だったんだ。

「絃たちの引退のあと、どうやったら菜穂ちゃんに自信もってもらえるかなって考えてさ」

確かにあの頃、わたしはずっと悩んでいた。

先輩たちの素晴らしい放送を、どうやって守っていこう。

わたしなんかにできるのかな、とか不安をたくさん抱えていたっけ。

そんな中届いたのが、ヒーローさんからのメッセージだった。

「どうしてわざわざこんな方法……」

「だって菜穂ちゃん、俺の言うこと信じないじゃん」

そう言われ、確かにと思い直す。

春弥先輩はいつも、ちゃんとわたしを認めてくれてた。褒める言葉もかけてくれてた。

だけどわたしが「またそうやって」と軽く流してきたんだ。

自分に自信がなかったわたしは、素直に彼の言葉を受け取れなかった。

「だけどだんだん、菜穂ちゃんがヒーローの言葉に勇気づけられてるって分かってきたら、なんかもやもやしてきちゃって」

難しい顔をする春弥先輩に、わたしは首を捻る。

だって、春弥先輩とヒーローさんは同一人物で。

彼はわたしに自信を持ってもらいたくて、毎日メッセージを入れてくれていたはずで。

「なんていうか、自分で自分に嫉妬してるみたいな、意味が分からない状態になって。それで、あんな突っかかるような言い方を菜穂ちゃんにしたという……」

「なんですか、それ」

あのときの誤解が、するりするりとほどけてく。

おかしくなって笑ってしまうと、春弥先輩も「いやほんと、なんだよなそれ」と笑う。

久しぶりの感覚に、ほっとして、嬉しくて。

この瞬間が、愛おしくて。

改めて、目の前にいる春弥先輩は、やっぱりいつでも彼のままなんだと実感する。

わたしは、春弥先輩のことをよく知らないと思っていた。

だけど本当は、彼は彼のすべてを見せてくれていた。ちゃんと伝えてくれていた。

「それでさ、メッセージの返事なんだけど」

窺うようにこちらを見る彼の姿に、ゴールデンレトリバーみたいだと、いつだったか紘先輩が言っていたことを思い出す。

本当に、その通りだ。

「どうかな、菜穂ちゃん」

ヒーローさんがくれた、初めてのクエスチョンマーク付きのメッセージ。

わたしの返事を求めるメッセージ。

そっと深呼吸をして、まっすぐに彼を見つめる。

「毎日、春弥先輩に会いたいです。放送室でも、そうじゃなくても」

わたしも少し、勇気を出して向き合ってみよう。

まだまだ自信は足りないけれど。

大丈夫。

わたしには、わたしを勇気づけてくれるヒーローがついているから。

あとがき

こんにちは、音はつきです。

今作は二〇二三年に単行本として刊行され、今回文庫化していただくことになりました。萩森じあさん装画の素晴らしい書影、タイトル、キャラクターにテーマと、私にとってとても特別で大切な作品です。

デビューしてから三年目、わたしは青春小説を書くことに限界を感じていました。わたし自身はもう大人で、学生時代のことを思い出しながら書くこと、時代の変化と共に生じる違和感への不安、そして十代の読者さんたちに自分の書く物語がまっすぐに届くのかなど、色々なことを前向きに考えるのが難しくなっていました。

もしかしたらもう、青春小説を書くことは出来ないかもしれない。

本気でそう思っていたときに、当時の野いちご編集部の編集者さんから「音さんだから書ける物語を書いてみませんか?」と声をかけていただきました。

当時、野いちご編集部から出ている作品のほとんどは女の子主人公で、きゅんとする甘酸っぱさや切なさ、成長を描いているものでした。その中で、今回はぜひ男の子主人公のものをと言っていただき、覚悟を決めて執筆を始めました。

この作品に、わたしは当時感じていたものを全てぶつけました。自分が青春小説を書く上で感じていた葛藤や不安、情熱や想い、誤解を恐れずに言うならば、怒りすらも全部ぶつけて書きました。担当編集さんはきっとたくさんヒヤヒヤしていたと思います。それでも「音さんの言葉を届けましょう」とわたしの気持ちを尊重し、最後まで守ってくれた担当編集さんのおかげで、この作品はまっすぐなメッセージをもったまま世の中に出て、たくさんの読者さんの元に届いたのだと思います。

この作品を書く中で、わたし自身も青春小説との向き合い方が変わっていった気がします。もう限界かも、と思っていたのに、もっと書きたい、こんな青春小説も書いてみたい、とワクワクする気持ちを取り戻すことが出来ました。

そして今回、新しい形でみなさんのもとにお届け出来ることを、本当に嬉しく思います。書き下ろし番外編も楽しんでいただけたら嬉しいです。

改めて、この作品に関わってくださった全ての方に心からの感謝を。

そして、紘たちと出会ってくれたみなさん、本当にありがとうございます。

紘と佳乃が見つけた光が、少しでもみなさんを照らしてくれますように。

二〇二四年五月　音はつき

この物語はフィクションです。実在の人物、団体等とは一切関係がありません。

本書は、二〇二三年二月に小社より刊行された単行本に、一部加筆・修正を加え文庫化したものです。

音はつき先生へのファンレターのあて先
〒104-0031　東京都中央区京橋1-3-1　八重洲口大栄ビル7F
スターツ出版（株）書籍編集部 気付
音はつき先生

大嫌いな世界にさよならを

2024年5月28日　初版第1刷発行

著　者　　音はつき　©Hatsuki Oto 2024

発 行 人　菊地修一
デザイン　カバー　齋藤知恵子
　　　　　フォーマット　西村弘美
発 行 所　スターツ出版株式会社
　　　　　〒104-0031
　　　　　東京都中央区京橋1-3-1　八重洲口大栄ビル7F
　　　　　TEL　03-6202-0386（出版マーケティンググループ）
　　　　　TEL　050-5538-5679（書店様向けご注文専用ダイヤル）
　　　　　URL　https://starts-pub.jp/
印 刷 所　大日本印刷株式会社

Printed in Japan

ISBN　978-4-8137-1588-7　C0193